Sören, meine Welt ist eine große Müslischale

Von Thomas Wenig

Buchbeschreibung:

Sören, ein liebevoller Ökochaot. Er meint es immer gut, aber neigt leider zur Übertreibung. Seine große Liebe Wiebke treibt ihn zu "Höchstleistungen" in jeder Beziehung.

Wir alle kennen einen Sören und manch einer von uns trägt etwas davon in sich.

Über den Autor:

Thomas Wenig, lebt in der Region Hannover und arbeitet als Therapeut.

Sören, meine Welt ist eine große Müslischale

Wiebke und Sören, eine
ökologische Leidenschaft

von Thomas Wenig

1. Auflage, 2022

© 2022, Thomas Wenig

Herstellung und Verlag:

BoD – Books on Demand, Norderstedt

ISBN: 9783756203970

Kinderzeit Sören

Hey, ich bin es, Sören. Kaum geboren, muss ich heute schon mit meiner Mutter zu einer Demo nach Wackersdorf.

Meine Mutter, sie heißt Annalena-Maria Horstmann und ist Sozialpädagogin. In Berlin hat sie studiert. Jetzt unterrichtet sie eine 9. Klasse in Sozialkunde und erzählt mir immer, wie wichtig das ist.

Sie hat mich in ein recht raues Tuch gewickelt und trägt mich damit auf ihrem Rücken. Ihre fettigen Haare kitzeln dabei mein Gesicht und sparen mir so das Eincremen. Sie hat mir gesagt, dass wir vielleicht heute dort meinen Vater treffen oder zumindest einen von denen, die dafür in Frage kommen.

Solche Demos müssten mir schließlich im Blut liegen, sagt sie; denn eben auf einer solchen wurde ich beim Happening im Vorfeld gezeugt. Leider kann sie sich nicht mehr genau daran erinnern, ein paar Flaschen Landwein und einige Tütchen hatten ihr zu sehr den Kopf vernebelt, aber

ich könnte mir sicher sein, als ein Kind der freien Liebe durchs Leben gehen zu dürfen.

Mit diesem guten Gefühl machen wir uns auf den Weg. Wie sich das gehört, natürlich mit der Bahn. Im Abteil treffen wir sogleich einige ihrer Bekannten und Freunde. Es riecht etwas komisch hier, liegt sicher daran, dass Babys eine so feine Nase haben.

Mutter und die anderen diskutieren die ganze Zeit über das böse Weltgeschehen und trinken komischen Tee. Jetzt zieht einer seine offenen Latschen aus und streckt mir seine dicken Wollsocken direkt unter die Nase. Ich verziehe etwas mein Gesicht und es wird mir ein bisschen übel. Das steigert sich noch mehr, als er die Wollsocken auszieht und sich mit den Fingern zwischen den Fußzehen puhlt. Seine Fußnägel sind ziemlich schwarz, kommt bestimmt von den offenen Schuhen.

Bevor ich aber jetzt brechen muss, öffnet einer das Fenster und raucht eine komische Zigarette, die einen wunderschönen Duft verbreitet. Es entspannt mich sehr und ich fühle mich wieder richtig gut. Das Ticket für den Zug muss recht teuer gewesen sein, da sich alle nun die Zigarette teilen müssen.

Immer jeder nur einen Zug, dann reichen sie sie weiter.

Obwohl ich bis vor Kurzem geschlafen habe, werde ich schon wieder müde. Immer dann werde ich etwas ungehalten. Mama nimmt mich auf den Arm, schiebt ihren selbstgestrickten Pullover an die Seite und legt mich an ihre Brust, ich sauge ein bisschen daran und schon schlafe ich ein.

Gleich sind wir da, sind die ersten Worte, die ich wieder höre. Ein süßlich, schweißiger Geruch wabert durch das Abteil. Sehen kann ich vor lauter Rauch hier drin leider nicht viel. Mama beruhigt mich und erklärt mir, der Rauch wäre noch gar nichts, ich sollte mal abwarten, bis die bösen Polizisten nachher ihr Tränengas versprühen. Sie ist immer so besorgt um mich, bestimmt hat sie sich um den Rauch gekümmert, damit ich mich etwas daran gewöhne.

Jetzt endlich hält der Zug und wir steigen aus. Auf dem Bahnhof sind ganz viele Menschen, die genauso angezogen sind wie meine Mama und ihre Begleiter. Viele tragen lange Tücher, manche von ihnen sogar vor dem Gesicht.

Erst laufen wir ein Stück, dann geht es in einem ganz bunten VW Bus weiter. Der hat jede Menge Aufkleber, mit einer Sonne drauf, das gefällt mir sehr. Ein Mann mit langen Haaren und etwas glasig wirkenden Augen ist der Fahrer.

Auch im Bus ist wieder dieser wunderbare, beruhigende, süßliche Duft. Mama und die anderen sind jetzt von Tee auf Wein umgestiegen und werden immer lustiger. Das wird bestimmt eine tolle Veranstaltung. Nur den Typen neben Mama, den finde ich irgendwie doof. Er fasst Mama immer ganz ungeniert an die Brust, er spielt mit meinem Essen.

Endlich halten wir an und die meisten steigen aus, nur Mama und der komische Typ bleiben im Bus. Sie legt mich auf eine andere Sitzbank und dann höre ich nur noch ganz komische Geräusche. Ich glaube, er tut Mama weh; denn sie stöhnt ganz laut. Wenn ich groß bin, werde ich ihn hauen, obwohl Mama immer sagt, Gewalt ist doof.

Aus meiner abgelegten Position kann ich aus dem Augenwinkel erkennen, wie sich beide anziehen und dann nimmt mich Mama auch schon wieder auf den Arm. Der komische

Typ geht seines Weges und er kann froh sein, dass ich ihn nie wiedergesehen habe.

Ganz viele Leute sind schon da. Weit entfernt steht eine kleine Bühne, von der aus sprechen einige Leute. Sie sagen Worte wie Faschismus, Bullenschweine, Wiederaufbereitungsanlage und Ähnliches.

Nun gibt es aber Abwechslung, 2 langhaarige Männer spielen Gitarre und singen etwas von Befreiung und Sozialismus. Kaum sind sie fertig, betritt ein schwarz gekleideter Mann die Bühne, Mama sagt, das ist ein evangelischer Pfarrer, der erteilt uns jetzt den göttlichen Segen. Was auch immer das sein mag, es hört sich auf jeden Fall wichtig an.

Nun endlich sind die Vorträge vorbei und wir marschieren mit all den anderen zu einem riesigen Gebäude. Das heißt eigentlich nur bis zu einem Bauzaun. Dort stehen auch schon ganz viele Leute in einer Reihe. Alle in Grün gekleidet, die gucken in unsere Richtung und scheinen sich zu freuen, dass wir kommen. Scheinbar wollen sie verstecken spielen; denn sie halten sich so komische Schilder vor das Gesicht. Mama sagt: „Das sind die dreckigen

Bullenschweine." Hört sich lustig an. Sie haben auch ein paar große Autos, die Wasser verspritzen können, falls es zu heiß wird.

Mama und ihre Freunde finden die „Bullenschweine" aber irgendwie doof und werfen mit Steinen und Flaschen nach ihnen. Ich kann ja leider nicht helfen, ich bin ja noch viel zu klein. Einige schießen auch mit Schleudern schicke Stahlkugeln, das knallt so schön, wenn die gegen die Schilde und Helme prallen.

Die „Bullenschweine" scheinen das aber wiederum auch doof zu finden und werden ziemlich laut, fast so als ob sie böse auf uns wären. „Vorsicht Tränengas", schreit einer von Mamas Freunden und kurz darauf, brennt es in meiner Nase und den Augen. Ich muss weinen, obwohl ich gar nicht traurig bin. Jetzt tut es den „Bullen" wohl leid, sie beginnen damit unsere Gesichter zu spülen. Dazu benutzen sie die großen Autos und versprühen Wasser. Allerdings haben sie den Strahl etwas zu stark eingestellt, sie meinen es wohl nur gut.

So geht das jetzt den ganzen Tag bis zum Abend, dann haben wir alle keine Lust mehr und treffen uns lieber auf einer großen Wiese zu einem Happening. So etwas bei dem ich wohl damals gezeugt wurde.

Kinderzeit Wiebke

Mein Name ist Wiebke, ich bin noch ganz klein. Ich wohne zusammen mit meinen Eltern auf einem alten Bauernhof. Mama ist den ganzen Tag zuhause und kümmert sich um mich, um unsere Ziegen und die vielen Kräuter, die sie im Garten anbaut.

Papa engagiert sich in der Jugendarbeit in der nahen Stadt. Manchmal kann ich die beiden kaum unterscheiden, weil sie so ähnliche Sachen tragen und beide lange Haare haben. Außer uns wohnen auch noch eine ganze Menge Leute hier mit auf dem Hof, Mama sagt, das nennt sich Kommune. Viele wohnen in Bauwagen, die sie zu einem großen Kreis aufgestellt haben. Das ist lustig, sieht fast aus wie ein Zirkus, nur ohne Tiere. Alle haben immer ganz viel Zeit und Spaß miteinander.

Abends sitzen wir dann oft zusammen am Lagerfeuer und die Erwachsenen rauchen stark duftende Zigaretten und trinken Wein. Das macht alle so lustig. Ich bekomme ja immer nur Milch, dabei wäre ich auch gerne so lustig. Hinterher haben sich dann alle ganz dolle lieb und das schöne dabei ist, es bilden sich immer wieder andere Paare. Auch Mama und Papa machen da mit und sind auch lieb zu den anderen.

Begegnung im Waldkindergarten

Heute hat mich meine Mama das erste Mal in den Waldkindergarten gebracht. Schon ganz viele andere Kinder sind da. Zusammen mit uns im Bus saßen auch noch 2 andere Frauen, die ihre Tochter hier auch angemeldet haben. Wiebke heißt die Kleine. Wiebke und ich fassen uns gleich an den Händen und gucken uns erstmal alles genau an.

Auf die Frage hin, warum Wiebke 2 Mamas hat, erklärt sie mir, dass es nur so aussieht und eins davon ihr Papa wäre. „Wie, Du hast nur einen Papa", lache ich da, „meine Mama hat mir erzählt, bei mir könnten das ganz viele sein". Wiebke zuckt nur mit den Schultern und fast wäre ihr dabei ihr schöner Stoffbeutel heruntergerutscht.

Unsere Eltern verabschieden sich von uns und wünschen uns ganz viel Spaß in der Natur. Jetzt kommt auch unsere Naturpädagogin zu uns und stellt sich vor. „Ich bin Frau Merle Sündermann - Büttighofer", stellt sie sich vor. „Aber ihr dürft mich einfach Merle nennen."

Merle sieht ganz nett aus, sie hat lange, komisch gelockte Haare, die ein bisschen so wie Filz aussehen. Aber kaum bin ich hier, hat sie mich auch schon geschimpft, so etwas kenne ich gar nicht von Mama, da kann ich immer machen, was ich will. Und das Ganze nur weil ich einen Käfer essen wollte, der da auf einem Blatt saß. „Wir ernähren uns hier rein vegan", schreit sie fast und faselt noch etwas von Tiermörder, Peta und andere böse Worte. Als mir dann aber ein paar Tränen kommen, nimmt sie mich wieder in den Arm und tröstet mich.

Ihre Sachen riechen dabei wie Moos, das finde ich jetzt sehr authentisch für jemanden im Waldkindergarten. Somit hat sie auch gleich wieder mein Vertrauen. Dann stellt sie uns den anderen Kindern vor, aber so viele Namen kann ich mir gar nicht merken. Torben, Tristan, Marten, Ruben, Malte, Wolke, Clara, Wenke und so weiter. Nein, das ist mir jetzt doch zu viel. Ich werde mich erstmal an Wiebke halten.

Zusammen erkunden wir den nahen Wald und finden es ganz toll, dass wir nicht in einem Haus eingesperrt sind. Wenn es mal wirklich stark regnet oder zu kalt wird, dann gibt es da einen großen Bauwagen, in den wir uns flüchten können. Wiebke, erzählt mir dann von den vielen Bauwagen bei ihr zuhause und das sich da immer alle ganz doll lieb haben. Das gefällt mir gut.

Später dann nimmt uns Merle nochmal an die Hand und sagt, da wir heute den ersten Tag hier wären, dürften wir noch mit, sie müsste noch die Tomatenpflanzen gießen. Das finden wir spannend. Echte Tomaten. Als wir dann aber an dem kleinen, versteckten Feld ankommen, sind wir ziemlich enttäuscht. Es sind überhaupt keine Tomaten an den Pflanzen zu sehen und irgendwie sehen die so ähnlich aus, wie die die meine Mama so gut versteckt hat und von denen sie immer etwas trocknet und dann raucht. Mama muss wirklich sehr sparsam sein, wenn sie schon Tomaten rauchen muss. Ich werde aus Solidarität das nächste Mal auf mein Taschengeld verzichten.

Merle sagt uns dann noch, dass wir niemanden von den Tomaten erzählen sollten, sonst kämen nur böse Menschen und würden die konfiszieren, äh stehlen oder gar kaputt machen. Das wollen wir natürlich nicht. Jetzt verstehe ich natürlich auch, warum die Tomatenpflanzen so gut zwischen den Bäumen versteckt sind.

Am Nachmittag sitzen wir dann noch im Kreis zusammen und Merle spielt auf der Gitarre und die größeren Kinder singen sogar mit. Als das Lied „Karl der Käfer" dann zu hören ist, bekomme ich noch mal ein ganz schlechtes Gewissen. Erst als sie dann „Mein Freund der Baum" spielt, kann ich wieder lächeln.

Kurz danach werden wir auch schon wieder abgeholt und fast ein bisschen wehmütig verabschiede ich mich von Wiebke. Bestimmt wird sie einmal meine Frau werden.

Mama will alles genau wissen, was wir heute so gemacht haben. Ich erzähle ihr fast alles, nur das mit den Tomaten, das behalte ich natürlich für mich. Schließlich habe ich das ja auch Merle versprochen.

Ich freue mich auf jeden Fall schon sehr auf morgen, dann sehe ich Wiebke wieder und bestimmt gibt es auch noch eine Menge von Merle zu lernen.

Am nächsten Morgen gibt Mama mich an der Bushaltestelle bei Wiebkes Mama ab. Ihr Papa war zwar auch dabei, will sich aber mit Mama mal die Bauwagen auf dem Bauernhof anschauen, er sagt, es wäre ein eindringliches Erlebnis so etwas einmal zu sehen. Wiebkes Mama reagiert etwas komisch, aber dann fährt sie mit uns zum Kindergarten.

Kaum sind wir da, renne ich auch schon zu Merle und will ihr erzählen, wie sehr ich mich auf den Tag freue. Leider verschüttet sie dabei ihren Tee und ist schon wieder ein bisschen sauer auf mich. „Das war Fukamushi Sencha, Japan Miyazaki, grüner Tee, 100 Gramm für 39,90 DM, brüllt sie mich an. Ich gucke bedröppelt und sage ihr nur, dass ich diese Sprache nicht verstehe, es mir aber leidtut.

Heute kam dann noch ein neues Kind dazu. Bernd heißt der. Sein Vater brachte ihn mit dem Auto und hatte einen Anzug und eine Krawatte an. Das, sind ja mal richtige Spießer, hörte ich Merle sagen. „Das kann ja heiter werden". Bernd hat auch ganz saubere und scheinbar neue Sachen an, aber noch nicht mal Geld für einen Jutebeutel, der arme Kerl muss sich mit einem Plastikköfferchen zum Umhängen herumschlagen. Dann ist da noch ein Micky Maus Bild drauf, oh weia. Mama sagt, Micky Maus kommt aus dem imperialistischen Amerika, das sind die, die überall die Atomraketen stationieren. Ich hoffe nur, er hat da so etwas nicht drin.

Von den anderen Kindern will auch keines mit Bernd spielen, zumal er sich mit seinen Sachen so anstellt und sich nicht schmutzig machen möchte. Aber Merle kümmert sich trotzdem um ihn und hat ihm auch zum Tomatengießen mitgenommen. Als ich das am Nachmittag dann Mama erzähle, sagt sie nur: „Der wird bestimmt mal Beamter".

Dann aber hat Mama mir einiges zu sagen. Sie redet von den Bauwagen bei Wiebkes

Papa und das sie überlegt, ob wir nicht dahin umziehen sollten. Es wäre ganz viel Liebe in diesen Wagen und auch Wiebkes Papa wäre ja so einfühlsam gewesen. Das wäre natürlich toll, dann könnte ich Wiebke jeden Tag und sogar am Wochenende sehen. Ich hoffe mal sehr, dass es klappt.

Am nächsten Morgen hat sich aber das Angebot schon zerschlagen. Als wir Wiebkes Eltern sehen, hat ihr Vater ein ziemliches blaues und zerschundenes Gesicht und Wiebkes Mama nennt meine nur Schlampe. Ich habe irgendwie das Gefühl, das ist keine gute Basis für eine dauerhafte Wohnbeziehung.

Aber dafür war es heute im Kindergarten lustig. Der Vater von Bernd brachte diesen wieder im Auto und blieb dann gleich noch eine Weile da. Es dauerte dann nicht lange, dann gab es eine Aufführung von so einer Gruppe. Das waren lauter Männer mit weißen Helmen und auf ihren schwarzen Sachen stand hinten SEK. Die kamen in schwarzen Autos und rannten dann gleich zu den Tomaten. Bestimmt hatten die großen Hunger, so wie sie sich beeilt haben. Nach einer Weile kamen dann ein paar von ihnen zurück und haben Merle in ihr schwarzes

Auto geschoben. Bestimmt finden die Merle auch so toll wie ich.

Anschließend kam dann noch eine Tante vom Jugendamt und erzählte etwas davon, dass der Kindergarten vorübergehend geschlossen sei, und wir erhielten alle einen Zettel für unsere Eltern.

Eine Woche später kam dann die Nachricht, dass der Waldkindergarten ganz geschlossen würde und wir Kinder wurden auf normale Kindergärten verteilt. Leider habe ich nun Wiebke nicht mehr gesehen und auch meine Mama möchte nicht mit mir zu ihr nach Hause, um sie zu besuchen.

Wiedersehen in der Waldorfschule

Endlich bin ich 6 Jahre alt und darf zur Schule. Mama hat eine ganz besondere Schule für mich ausgesucht. Eine Waldorfschule. Hört sich ein bisschen wie Waldkindergarten an, das war zwar nur eine kurze, aber sehr schöne Zeit. Ich freue mich darauf. Heute durfte ich auch nicht mit in den kleinen Bioladen, Mama sagte irgendwas von Überraschung.

Am nächsten Morgen weiß ich nun, was sie damit meinte. Eine große, selbstgerollte Recyclingpapiertüte mit lauter tollen Leckereien. Vegane Hirseplätzchen, Kürbisriegel, glutenfreie, vegetarische Soja Ringchen und noch viele mehr. Ganz stolz trage ich meine Tüte zur Schule und freue mich schon darauf, später die leckeren Sachen zu essen.

Ihr werdet nicht glauben, wen ich da noch getroffen habe, Wiebke und ihre Eltern. Das war vielleicht eine Freude. Sofort haben wir uns nebeneinandergestellt und hoffentlich bekommen wir einen gemeinsamen Platz.

Eine Frau, die so ähnlich wie Merle aussieht, hält eine kurze Eröffnungsrede. Dann kommen einige Kinder und trommeln ein Lied. Danach wieder andere, die einen Tanz aufführen. Wirklich toll hier. Die Rede der netten Frau endet dann mit den Worten: „Die größeren Kinder zeigen nun den Neuen die Schule, die Eltern kommen bitte mit mir, eine Willkommensschultüte rauchen." Das finde ich aber toll, dass Mama nun auch noch eine Tüte bekommt. Da freut sie sich bestimmt drüber.

Die älteren Kinder erzählen uns, was es hier alles für wunderschöne Fächer und Sachen gibt. So dürfen hier auch die Jungs schon in der ersten Klasse stricken, nähen, häkeln und sogar schneidern. Auch gibt es ein Fach namens Eurythmie, wo wir lernen, jeden einzelnen Buchstaben zu tanzen. Das finde ich besonders toll, dann braucht man nicht mehr schreiben oder reden.

Aber das Allerbeste ist natürlich, es gibt keine Noten und man kann nicht sitzenbleiben. In der Klasse sind 41 Kinder, da kann man sich bestimmt gut untereinander um sich kümmern. Mama ist einfach die Beste, dass sie mir so etwas ermöglicht.

Jetzt kommen auch die Eltern zurück und der erste Tag ist schon geschafft. Ich verabschiede mich von Wiebke und freue mich schon auf morgen und natürlich auf meine tollen Sachen in meiner Recyclingtüte. Auch Mama scheint sich schon über ihre Tüte hergemacht zu haben, sie ist ganz cool und lacht ganz viel.

Schon einige Zeit gehe ich jetzt zur Schule und Wiebke ist und bleibt meine beste Freundin. Wir singen und tanzen viel, führen Theaterstücke auf und es ist eine tolle Zeit. Die ehemalige Kindergärtnerin, die Merle, habe ich übrigens jetzt auch hier getroffen. Sie putzt die Flure und verkauft in den Pausen Getränke und noch ein paar andere Sachen. Aber das ist mehr was für die Älteren unter uns.

Sie hat mir erzählt, es wäre viel wertvoller, den Boden zu reinigen, als Kinder zu unterrichten. Für den Papst wäre es ja auch etwas Besonderes, wenn er armen Leuten die Füße waschen würde. Auch wäre sie jetzt schon Freigängerin und ich finde, das hört sich doch toll an. Ich glaube, wenn ich groß bin, werde ich es auch wie Merle machen, sie ist ein richtiges Vorbild.

Inzwischen sind viele Jahre vergangen, ich bin jetzt 13 und habe ganz viele Pickel. Mama glaubt, ich würde mich bestimmt heimlich falsch ernähren. Aber das stimmt gar nicht. Wiebke ist immer noch meine beste Freundin und hat inzwischen schon einen Busen bekommen. Als ich ihn neulich anfassen wollte, hat sie aber ganz komisch reagiert. Frage mich bloß warum, ist doch etwas ganz Natürliches.

Überhaupt ist sie jetzt manchmal tagelang ziemlich komisch. Sie hat gesagt, sie hat ihre Periode. Na mal gut, dass ich nichts damit zu tun habe. Mir reichen ja schon meine Pickel.

Merle war übrigens nicht mehr so lange bei uns, wieder einmal kamen diese komischen Männer und haben ihren ganzen Laden mit den Getränken und den anderen Sachen auseinandergenommen. Warum sie auch so lange den Chemieraum untersucht haben, kann ich gar nicht verstehen, da hat Merle doch immer ganz besonders lange saubergemacht. Anschließend durfte sie wieder mitfahren. Bestimmt macht sie jetzt noch eine weitere Ausbildung, eine tolle Frau.

Viele, besonders von den älteren Kindern waren sehr traurig darüber und sind sogar noch Tage danach ganz schlecht drauf gewesen. Ein paar von ihnen haben sich daraufhin richtig in die Arbeit gestürzt und einen freiwilligen Chemiekurs gegründet. Da sitzen sie dann fast jeden Abend nach Schulschluss und machen Versuche mit verschiedenen Chemikalien. Es scheint ihnen aber über den Verlust von Merle hinwegzuhelfen, sie sind seit einiger Zeit wieder so gut gelaunt wie früher. Leider darf man erst ab 15 in dem Kurs mitmachen, aber die 2 Jahre vergehen schon noch, dann bin ich bestimmt auch dabei. Meine Mutter wird stolz auf mich sein, wenn ich freiwillige Kurse mache.

Die Schule war plötzlich vorbei

Mit 15, wie versprochen, habe ich dann auch im Chemiekurs mitgemacht. Die anderen haben mich schnell eingeweiht und gemeinsam haben wir tolle Sachen hergestellt. Wir machen dann auch immer Selbstversuche und ich muss sagen, das hat schon eine irre Wirkung. Seit dem fällt mir auch alles viel leichter. Manche anderen Schüler finden unsere Sachen so gut, dass sie sogar Geld dafür bezahlen, wenn wir ihnen etwas abgeben.

Neulich habe ich etwas von dem Pulver auch Wiebke gegeben. Auch sie war plötzlich ganz anders und hat mich sogar gefragt, ob ich nicht mal ihren Busen anfassen möchte. Ich war völlig irritiert, konnte dann das Angebot auch nicht abschlagen. Anschließend haben wir uns dann gegenseitig unseren Körper gezeigt und ganz verrückte Sachen gemacht. Das hat mir gut gefallen.

Gestern dann, ich war gerade dabei einigen jüngeren Schülern etwas von unseren Kostproben zu geben, kamen die „Bullenschweine", wie schon Mama sie früher genannt hat und haben mich mitgenommen. Da machen die gleich aus ein paar harmlosen Chemieversuchen so etwas wie Drogenhandel. Man was Spießer. Mama musste mich dann bei der Polizei abholen und konnte auch überhaupt nicht verstehen, was die von mir wollten. Auch sie fand schließlich die Sachen immer ganz toll, die wir zusammengemixt hatten. Der Polizist faselte noch etwas von Jugendgericht und Knast. Wir haben ihn dann mal reden lassen. Das einzig blöde ist nur, ich musste leider die Schule verlassen. Somit sehe ich auch Wiebke nicht mehr, das finde ich besonders doof.

Ich bin jetzt in einer Jugendgruppe, so eine Art betreutes Wohnen. Dort ist ein Pädagoge, der sich extra um uns kümmert. Eine Ausbildung soll ich machen, so was ödes. Er hat mich schon zu diversen Handwerkern geschleppt, aber ich schaffe es immer wieder nach wenigen Tagen, dass die mich nicht mehr haben wollen. Liegt mir wohl nicht so, das Arbeiten. Mama meint auch, mit so etwas wäre ich völlig unterfordert.

Allerdings habe ich ein paar Kurse in der Volkshochschule belegt, Töpfern, freies Trommeln und vegane Ernährung. Das sind alles Dinge die mir viel mehr liegen, außerdem dauern sie immer nur wenige Stunden und sind erst abends. Das frühe aufstehen und dann noch morgens, liegt mir nicht so.

Wiebke habe ich inzwischen zweimal besucht, aber die hat sich irgendwie verändert. Sie will nach der Schule einen richtigen Beruf lernen, so was mit Einzelhandel. Richtig spießig ist sie geworden. Ob ihre Eltern das gut finden?

In meiner Gruppe sind nur Jungs, aber an Mädchen habe ich sowieso nicht soviel Interesse. Neuerdings kontrolliert unser Aufpasser uns immer nach Drogen, da kann man noch nicht mal mehr ein Tütchen rauchen, so ein Mist. Nur gut das ich irgendwann 18 bin und dann der ganze Kram hier vorbei ist. Dann werde ich gleich Hartz IV beantragen und gut ist.

Sören auf dem Arbeitsamt

Heute muss ich zum Arbeitsamt, Anträge ausfüllen und so. Die haben mir auch gleich noch einen Termin für morgens 9 Uhr gegeben, man was ein Stress. Völlig übermüdet komme ich da an und muss auch noch warten. Dann die ganzen blöden Fragen, ob ich denn keine Lust hätte zu arbeiten. Klar habe ich das, aber doch nicht so ein Mist wie Handwerker, wo man nix verdient. So was als Projektmanager oder Ähnliches, das könnte ich mir gut vorstellen, da verdient man richtig Kohle, haben meine Kumpels gesagt.

Ich wäre dazu nicht befähigt, haben sie gesagt und könnte froh sein, wenn mich überhaupt ein Handwerker nehmen würde. Na Leute, so kommen wir aber nicht zueinander. Jetzt muss ich erstmal jede Menge Anträge ausfüllen und dann soll es irgendwann losgehen mit der Kohle. Bis dahin werden sie mir Angebote schicken. Ich lach mit tot. Was glauben die denn, wen sie hier vor sich haben.

Ein paar Wochen später ist der Antrag genehmigt, ich habe jetzt eine eigene Bude und bekomme auch noch etwas Geld. Das alles für lau, ist doch geil. Das einzige, was nervt, sind die blöden Jobangebote, jedes Mal muss ich mich da extra doof anstellen, damit die mich nicht nehmen wollen. Aber mit der Zeit habe ich den Bogen ganz gut raus, wie das läuft.

Jetzt hänge ich viel mit Kumpels ab, wir saufen und kiffen und zur Monatsmitte bin ich meistens schon pleite. Die ersten Monate hat Mama mich ja noch etwas unterstützt, aber jetzt hat sie irgendwie auch keine Lust mehr dazu. Aber das ist eben die Schuld des Systems, nicht meine. Auf Menschen mit so individuellen Fähigkeiten wie mich ist das System eben gar nicht vorbereitet oder ausgerichtet. Alles nur was für Spießer.

Gott, sei dank, gibt es hier eine linke alternative Community, der habe ich mich angeschlossen. Die verstehen mich zumindest. Auch die sagen, das liegt alles am System. Die Kohle, die ich vom Amt bekomme, reicht noch nicht mal für vernünftige Ernährung aus dem Bioladen, neuerdings muss ich im Discounter einkaufen.

Aber heute ist Monatsanfang und da gönne ich mir mal wieder ein paar Sachen aus dem Bioladen. Ich freue mich schon drauf. Ihr werdet es nicht glauben, wer da jetzt arbeitet. Wiebke, sie macht eine Lehre als Einzelhandelskauffrau. Oh man, ich hatte ja schon befürchtet, dass sie so spießig wird, aber immerhin ist es noch ein Bioladen.

Sofort kommen wir ins Gespräch und ich erzähle ihr von meinem spannenden Leben. Komisch, sie findet das gar nicht so toll, stattdessen schwärmt sie mir von den ganzen Biosachen hier vor und geht völlig in ihrem Beruf auf. Ihr zur Liebe kaufe ich auch ein paar Sachen und melde mich gleich noch zu einem veganen Kochkurs an, aber nur, weil Wiebke da auch mitmacht.

Meinen Polyester Pullover findet sie ziemlich doof, hat sie gesagt und mir noch Wolle aufgedrängt. Häkeln hätte ich ja schließlich in der Schule gelernt. Wie gut nur, dass Mama mich damals auf die Waldorfschule geschickt hat, sonst stände ich jetzt ganz schön doof da. Eine gute Ausbildung ist halt doch immer was wert.

Kaum zuhause, beginne ich auch gleich mit dem Häkeln. Ein Muster mit einem

Cannabisblatt habe ich mir ausgedacht. Das sieht bestimmt cool aus. Vielleicht bleibt ja sogar noch Wolle für ein paar Socken übrig. Auf jeden Fall habe ich mir vorgenommen, Wiebke nun öfters da mal zu besuchen, ist doch toll so eine Freundin zu haben.

Meinen Kumpels gefällt mein neuer Stil gar nicht. Aber in der alternativen Community kommt es gut an. Dort bin ich nun auch häufiger am Abend, habe ja viel Zeit. Wir planen so tolle Sachen wie Demos, Tiere befreien und Bullen verprügeln. Während der Treffen gibt es dann immer leckeren Tee und manchmal rauchen wir auch ein Tütchen.

Blöd ist nur, dass die Sachen im Bioladen so teuer sind, manchmal gehe ich einfach nur zum Gucken hin, natürlich ist der Hauptgrund Wiebke. Der vegane Kochkurs ist nur alle 14 Tage und irgendwie hat sie danach auch nie so richtig Zeit für mich. Ich glaube fast, sie hat einen anderen Freund. Neulich hat sie doch glatt so ein Typ mit dem Auto abgeholt. Gibt sich mit so einem Spießer ab, dabei ist mein rosa Damenrad doch auch richtig cool.

Die blöden Arbeitsaufforderungen vom Arbeitsamt sind mit der Zeit immer weniger geworden, scheinbar haben sie es so langsam aufgegeben. Man muss eben nur geduldig sein.

Ein paar Wochen später hat Wiebke scheinbar die Nase voll von ihrem Spießerfreund. Sie hat ihn wohl mit einer anderen erwischt. So sind solche Typen eben, sage ich ihr. Jetzt kleidet sie sich auch wieder anders, richtig schön alternativ und biomäßig. Passt doch auch viel besser zu ihrem Job.

Die tiefgehende Diskussion im Bioladen

Ich, Sören bin inzwischen 28 Jahre alt und befinde mich seit dem Ausscheiden aus der Waldorfschule noch in einer frühen Selbstfindungsphase.

Es ist samstagmorgens und ich habe mir extra in meiner Meditation, vor dem Einschlafen gestern, die innere Uhr auf 10 gestellt. Nur an besonderen Tagen stehe ich so früh auf; denn ich habe mir für heute viel vorgenommen.

Jetzt aber erstmal raus aus den Federn (übrigens sind die von Gänsen hier ganz in der Nähe) und rein in die selbstrückfettende Schaffellunterwäsche. Die ist von meinem Freund Peter, der bei seiner Hütte hier am Waldrand ein paar Heidschnucken hält.

Auf das Waschen verzichte ich heute mal wieder, der Wasserverbrauch schadet nur der Umwelt und Wiebke aus dem Bioladen hat auch gesagt, dass es für die Haut viel besser ist, wenn man sich nicht so oft wäscht. Wiebke ist eine sehr natürliche Frau und das spürt man, auch wenn man in ihrer

Nähe ist. Sie duftet genauso lecker wie der Ziegenkäse, den der Bioladen selbst herstellt. Da merkt man schon, wie authentisch sie ist.

Heute besuche ich sie im Laden und deshalb bin ich extra so früh aufgestanden. Jetzt noch kurz ein Rapunzelmüsli und dann kann es auch schon losgehen. Das Müsli rühre ich mir mit einem selbstgeschnitzten Holzlöffel an. Den habe ich mir in einem Workshop der Ökocommunity geschnitzt und da bin ich auch echt stolz drauf. Etwas Lactose- und glutenfreie Kokosmilch dazu und dann kann der Tag beginnen.

Aber was ist das? Irgendwie machen einige Dinkelkörner einen recht unglücklichen Eindruck. Sie scheinen gar nicht in ihrer Mitte zu sein. Ich schaue mir nochmal die Zutatenliste auf der Verpackung an. Kürbiskerne, Macadamianüsse, Granatapfelkerne, Chia Samen und Dinkel. Ich habe den Verdacht, wenn ich mir die Verpackung so anschaue, es sind zu viele Macadamianüsse im Verhältnis da drin. Ich denke, die Dinkelkörner fühlen sich da unterdrückt und benachteiligt. Ich muss unbedingt mit Wiebke darüber sprechen.

Vielleicht müssen sie dann die Rezeptur ändern oder den Hersteller wechseln.

Immer wenn ich in den Bioladen gehe, ziehe ich mein lila Baumwollshirt mit dem Peacezeichen und den weißen Tauben an. Das hat mir Wiebke damals empfohlen und ich glaube, sie mag es, wenn ich es trage. Da Waschen nur die Naturfarben ausbleicht, lasse ich das lieber und vielleicht ist es ja auch mein individueller Duft, den Wiebke so toll findet. Nun aber die „Birkenstock" an und ab zu Wiebke.

Die Leute die mir in der Stadt begegnen sind mal wieder völlig hektisch und gar nicht entspannt. Viele tragen sogar Plastiktüten, unglaublich. Da lobe ich mir doch meinen alten Jutebeutel. Es ist 11.15 Uhr, als ich im Bioladen ankomme. Wiebke grüßt freundlich und ich überlege schon, was ich so gebrauchen kann, aber vorher werde ich sie auf das Verhältnis zwischen Macadamianüssen und Dinkelkernen ansprechen.

Jetzt bin ich dran und gebe Wiebke die Hand. Hinter mir sind noch 5 Leute, aber die sind wie alle hier, sehr entspannt. Da spürt man einfach die gute Ernährung. „Du

Wiebke", sage ich, „ich habe da ein Problem." Ich schildere ihr den schlechten Eindruck, den die Dinkelkörner auf mich gemacht haben und das ich glaube, sie fühlen sich unterdrückt.

Wiebke ist erstaunt und findet es ganz toll, dass ich mir so tiefgehende Gedanken über meine Ernährung mache. Sie trägt wieder ihr selbstgewebtes Leinenshirt mit dem großen Armausschnitt. Das zeigt immer so schön ihre Achselhaare und ihre Natürlichkeit.

Sie ist aber der Meinung, dass der Hersteller da schon drauf achten würde, dass die Verhältnismäßigkeit der Zutaten beachtet wird. Ich überlege einen Moment und dann habe ich wohl auch die Idee. Ich sage zu ihr: „Es kommt mir vor, als ob der Dinkel sich irgendwie, du weißt schon was ich meine, schlecht behandelt fühlt. Da wächst er monatelang, so ganz frei auf dem Feld und dann wird er in eine enge Gemeinschaft mit verschiedenen Nüssen gesperrt. Wahrscheinlich mag er das nicht."

„Aber wo kommen denn die Macadamianüsse eigentlich her?" Wiebke blättert im Herstellerkatalog, inzwischen lauschen uns schon sehr interessiert 8 Leute die hinter mir stehen, dann sagt sie: „Oh, neuerdings nicht mehr aus Queensland, sondern aus Kenia".

Jetzt leuchtet es mir natürlich sofort ein, diese armen Nüsse, die nicht nur einen hohen Nährwert haben, sondern auch sehr empathisch sind, nehmen die Unterdrückung im Land war und geben diese in der Packung weiter. Auch sie müssen ja ihren Gefühlen irgendwo einen Raum geben und können die nicht so in sich reinfressen. Gerade da es sich um die Sorte Macamia integrifolia (das sind nämlich die mit der dünneren Schale) handelt, ist das ja verständlich.

Ich bitte Wiebke darum, doch gleich einmal beim Hersteller anzurufen, dann können wir zusammen mit ihm das am Telefon besprechen. Die mittlerweile 12 Leute hinter mir, finden das scheinbar auch ganz toll, denn sie unterhalten sich schon sehr angeregt. Wiebke meint noch, dass die Macadamianuss, auch Königin der Nüsse genannt, da natürlich auch einen gewissen Platzbedarf in der Tüte hat und gern wohl auch ihre Sonderrolle und Ansprüche durchsetzen möchte. Das finde ich jetzt nicht so gut, so ein elitäres Verhalten.

Wiebke wählt die Nummer, aber scheinbar meldet sich niemand. Wie kann denn dem Hersteller das so egal sein, es geht doch schließlich um die Harmonie in der Müslitüte. Auch wenn es Samstag ist, aber solche entscheidenden Dinge müssen doch nun gleich geklärt werden. Um mich etwas zu beruhigen, bietet mir Wiebke einen Ziegenkäsewürfel, an einem selbstgeschabten Holzstäbchen an. Als sie den Arm hebt, um mir die Bastmatte mit den Würfeln zu reichen, schlägt mir schon der wunderbare Duft entgegen. Sie bittet mich aber, das Stäbchen wieder zurückzulegen, denn die würden natürlich wiederverwendet.

Als ich dann das Stäbchen so ganz bewusst wieder Wiebke reiche, und ihr ungeschminktes natürliches Gesicht sehe, kommt mir noch ein anderer Gedanke. „Du sag mal, da sind doch auch Chia Samen drin, meinst Du nicht, die als Lippenblütler, verbreiten da zu viel Unruhe in der Packung?" Die 16 Leute hinter mir, die sich schon bis vor die Tür des Ladens drängen, scheinen mit mir einer Meinung zu sein; denn es herrscht schon eine gefühlte Unruhe in meinem Rücken.

Wiebke wirkt selbst auch schon etwas unruhig, so kenne ich sie gar nicht. Ein Lautes „nun mach mal Du Arsch", aus dem Hintergrund scheint mir irgendwie eine unterschwellige Aggression zu suggerieren. Da ich aber Zeit habe, möchte ich die auch zusammen mit Wiebke nutzen und wir können so ein Thema ja hier nicht so andiskutiert beenden. Ich bitte Wiebke daher, doch noch einmal in den Herstellerkatalog zu schauen, ob es da nicht eine Notfallnummer gibt; denn wenn ich mir das so vorstelle, tausende von Tüten mit unglücklichen Dinkelsamen, das geht ja nun gar nicht.

Wiebke rollt etwas mit den Augen und schaut seltsam auf die Uhr. Ich beruhige sie aber und sage: „Wenn das eine Notfallnummer ist, dann haben die auch 24 Std. Rufbereitschaft, da kannst Du ruhig anrufen".

Wiebke blättert aufgeregt im Katalog und sagt, sie findet nichts. „Das finde ich jetzt aber etwas oberflächlich von Dir", sind meine Worte und ich erkläre ihr noch einmal die Wichtigkeit dieser Sache. Ein Lautes: „Ich schlage Dir gleich den Schädel ein", dringt erneut aus der Menge der Menschen hinter mir und veranlasst mich nun doch, mich einmal umzuschauen. Alle sehen heute so unrelaxt aus, liegt es an der Mondphase. Ich bitte Wiebke nun doch, mal im Mondkalender zu schauen, was für eine Phase wir gerade haben.

Wiebke knallt mir eine. Was ist denn jetzt passiert? Fand sie das irgendwie eine Anspielung auf ihren Zyklus? Da geht sie doch sonst immer ganz offen mit um. Ich frage sie höflich, ob sie ihre Tage hat, da werde ich von hinten gepackt und noch während mich die anderen aus dem Laden werfen, rufe ich Wiebke zu, dass wir das aber mal in Ruhe besprechen müssen.

Draußen, so auf den Gehweg geworfen, komme ich zu der Erkenntnis, dass offensichtlich noch mehr das falsche Müsli gegessen haben und die Aggressivität sich wohl überträgt.

Sören völlig von den Socken

Wisst ihr, was ich heute gehört habe? Da soll es doch tatsächlich Leute geben, die ihre Socken mit Ringen oder einem Clip zusammenhalten, damit sie bei der Wäsche nicht verloren gehen.

Ja denkt denn da überhaupt keiner an die armen Socken? Diese werden einfach gewaltsam in eine Beziehung gezwungen. Wenn ich das mit meinen selbstgestrickten Socken machen würde, die ja eine gemeinsame Entstehung hatten, von einem Schaf gespendet, zu einem Knäuel gesponnen, da wäre es bestimmt kein Problem für die Socken auch mal gemeinsam sich zu waschen. Aber was ist mit den maschinell gefertigten, (ich kann ohnehin nicht verstehen, wie man so etwas trägt) die überhaupt keinen Bezug zueinander haben.

Stell Dir vor, du müsstest Dich mit einem Wildfremden zusammen waschen und wärst dabei noch mit einem Ring an ihn oder sie gefesselt. Ist doch ein schauriger Gedanke. Wie eine Zwangsehe oder so. Aber vielen empathielosen Menschen ist das natürlich völlig egal, sie interessieren sich überhaupt nicht für die Gefühle und das Seelenleben der Socken, einfach nur oberflächlich.

Dieser Gedanke erregt dermaßen mein Gemüt, dass ich gleich erstmal zu Wiebke in den Bioladen gehen werde, um das mit ihr zu diskutieren.

Vielleicht schaffen wir es ja auch, eine Demo zu veranstalten oder eine Petition einzureichen. „Jedem Socken seine individuelle Freiheit", das wäre doch schon mal ein Motto. Bin gespannt, was Wiebke dazu meint, sie ist ja für so vieles offen.

Ich fahre sogleich mit meinem alten Fahrrad zum Bioladen. Wiebke bedient gerade ein paar Kunden, aber gleich hat sie Zeit für mich. Ich schildere ihr mein großes Anliegen. Erst schaut sie etwas verdutzt, dann aber stimmt sie mir zu. Sie sagt, sie hätte da auch noch nicht so wirklich drüber nachgedacht, aber jetzt, wo ich ihr die Problematik schildere, hat sie fast ein schlechtes Gewissen, das sie so ungehobelt mit diesen treuen Begleitern umgegangen ist.

Zwar hat sie noch nie einen Ring oder Clip benutzt, aber alleine schon sie alle einfach zusammen in die Waschmaschine zu werfen, ist ja wie eine gemischte Sauna auf Zwang.

Rechte Socken mit Linken Socken, verschiedene Arten, einfach zusammengepfercht und in ihrer Nacktheit zum gemeinsamen Bad gezwungen.

Für Wiebke erklärt sich auch daraus das hin und wieder Socken einfach verschwinden, die haben es emotional nicht mehr ausgehalten und sich wahrscheinlich selbst gerichtet oder ihnen ist die Flucht gelungen und nun haben sie bei anderen Menschen Asyl gefunden.

Wiebke ärgert sich, dass sie darüber früher auch noch geschimpft hat, und jetzt tut es ihr so leid. Sie kommt hinter dem Verkaufstresen hervor und wir umarmen uns. Wiebke ist so mitgenommen von dieser Sache, dass sie einfach laut schluchzen muss. Ihre Tränen landen auf meinem selbstgestrickten Pullover.

Sofort erklärt sie sich bereit, einen Zettel im Bioladen aufzuhängen und zu einer Diskussionsrunde mit anschließendem Sternmarsch aufzurufen. Auch eine Petition will sie einreichen. Wiebke ist einfach so ein toller Mensch. Auch ich werde mich da voll einbringen, endlich eine sinnvolle Lebensaufgabe, ich wusste schon immer, dass man nur lange genug warten muss, dann gibt das Leben einem schon die Aufgabe, die für die Menschheit wichtig ist.

Der alternative Weihnachtsstress

Hallo, ich bin es mal wieder, Euer Sören. Jetzt so kurz nach dem 1. Advent, hat mich auch der Weihnachtsstress gepackt. Vor ein paar Wochen noch, als ich mit meinen Freunden die Kerzen für den Adventskranz selbst gezogen habe, war noch alles ganz entspannt. Wir trafen uns abends bei Wiebke und sie hatte alle nötigen Dinge aus dem Bioladen mitgebracht.

War schon spannend, als sie all diese wunderbaren Sachen aus ihrem Jutebeutel nahm und jeder von uns, in einer Art von Selbsterfahrung, seine Kerzen ziehen durfte. Dazu gab es noch einen leckeren Tee und selbstgebackene Grünkernkekse. Bei so einer verantwortungsvollen Sache muss man natürlich mit der ganzen Seele dabei sein.
Es ist ja nicht einfach nur eine Kerze, sondern ein Symbol des Schaffens, ja des Lebens. Wenn man dann mit den eigenen Händen etwas erschafft, was später auch

noch mit einem Licht gekrönt wird, dann weiß man doch, wofür man lebt.

Ansonsten habe ich es ja nicht so mit dem Arbeiten, aber bei solchen Aktionen bin ich immer voll dabei. Schon auf dem Hinweg, waren meine Gedanken, wie es wohl aussieht, wenn die Kerze so in Wiebkes Händen wächst. Ich habe ihr dann dabei auch genau zugesehen und ich muss schon sagen, da ging wirklich ein Kribbeln durch meine Schafwollunterhose. Sonst habe ich das ja nur, wenn ich sie mal lange Zeit nicht gewaschen habe, aber bei selbstrückfettender Schafwollunterwäsche muss man das auch nicht, hat ´Wiebke gesagt.

Während wir da so in Wiebkes naturbelassener Küche sitzen, also Ulfi, Malte, Merle, Timea, Wiebke und ich, kam auch gleich so ein Gemeinschaftsgefühl auf, ja fast schon ein Happening. Fast wie früher in der Waldorfschule. Ulfi reicht noch seine wunderbar süßlich riechende Zigarette rum und alles wird ganz leicht. Da mir langsam ein bisschen warm wird, ziehe ich meine Schuhe aus und sitze nun in meinen selbstgestrickten Socken am Tisch. Wiebke ist davon ganz begeistert und sagt: „Das ist toll Sören, so riecht man auch das Marihuana gar nicht mehr". Ja, so bin ich, ich opfere mich halt für die Gruppe auf und dann ist es natürlich sehr schön, wenn ich so eine Reflexion bekomme. Ganz besonders von Wiebke.

Obwohl wir alle völlig entspannt sind, finde ich es nun aber doch doof, dass die anderen meinen, ich sollte nur 4 Kerzen auf den Adventskranz stecken. Das ist mal wieder typisch Spießerdenken. Klar, 4, möglichst noch in einem vorgegebenen Quadrat. Wie kann man nur so unflexibel sein und das, wo doch alle wichtigen Zahlen ungerade sind. Die 5 Sinne, die 7 Leben einer Katze oder sogar die 27 Tüten an der Supermarktkasse. Da bin ich nun gar nicht für, ich möchte gerne 9 Kerzen. Nur weil der vom Establishment vorgefertigte Kalender keine 9

Adventssonntage vorgibt, ist das doch für mich noch lange kein Grund, so spießig zu denken.

Als dann Merle vorschlägt, sie könnte mich ja auch mal besuchen und die Sache mit der Kerze auch gern mal in die Hand nehmen, wird Wiebke richtig komisch, ja fast schon zickig. Hat sie etwa wieder Fleisch gegessen, dass sie so aggressiv wird? Dabei bin ich doch so stolz darauf, so eine tolle Freundin wie Wiebke zu haben.
Heute hat sie auch wieder ihr selbstgeschneidertes Leinenshirt an. Das mit den großen Armausschnitten, wo man so schön ihre natürliche Art erkennen und sogar riechen kann. Da hatte ich mir doch etwas mehr erhofft. Auch ist ihr mein selbstgehäkelter Delphinpullover gar nicht aufgefallen, dabei war sie es doch, die mir noch das Muster dafür gegeben hatte.

Ich jedenfalls konzentriere mich wieder auf meine Kerzen, mache allerdings nur 8 Stück fertig; denn Merle hat ja gesagt, sie will mich besuchen und das dann selbst in die Hand nehmen und somit hätte ich ja dann 9. Man muss ja nicht mehr tun, als unbedingt nötig. Das wäre ja sonst fast so, als würde man Arbeiten und hätte keine Kraft und Zeit mehr für so wichtige Projekte wie heute. Diese Vorweihnachtszeit ist ohnehin schon stressig genug, nächste Woche ist Backkreis für Kekse und dann wollen wir ja auch noch einige Tannenbäume umtanzen.

Merles vorweihnachtlicher Besuch

Eines Abends steht plötzlich Merle vor der Tür. Sie hatte es mir ja beim Kerzenziehen schon versprochen. In der Hand hat sie eine große Tüte vom Bioladen und ich freue mich sie zu sehen. Dann wird nun endlich auch die neunte Kerze fertig.

Merle hat sich allerdings komisch angezogen, sie trägt einen kurzen Rock und lange schwarze Strümpfe. Für das Winterwetter finde ich sie allerdings zu kalt, sie gehen nur bis zum oberen Teil der Oberschenkel. Vielleicht hatte sie nicht genug Geld für eine ganze Strumpfhose, oder ist, was mit ihren Eltern passiert und sie trauert. Aber dann hätte sie doch nicht kommen müssen, wenn sie traurig ist. Rücksichtsvoll wie ich bin, wünsche ich ihr mein Beileid. Sie kann damit gar nichts anfangen und sagt, dass sie wirklich gut drauf ist, ich würde das schon merken. Da bin ich aber beruhigt.

Ich biete ihr erstmal einen Tee an und sie packt ihre Tüte auf den Tisch. Irgendwie schaut sie mich so komisch an, aber wenn ich zuhause bin, trage ich manchmal eben nur meine Schafwollunterwäsche. Während wir uns ein bisschen unterhalten, packt sie die Tüte aus. Kerzenwachs, Dochte und ein paar Bananen hat sie noch mitgebracht.

Sie nimmt eine von den Bananen, entfernt im oberen Bereich die Schale, guckt mich an und beginnt damit an dieser zu lecken. Langsam schiebt sie die Frucht in ihren Mund und lässt sie wieder heraus. Ich bin etwas perplex, weiß sie denn nicht, wie man Bananen isst?

Vielleicht kommt sie aus dem ehemaligen Osten. Ich zeige es ihr Mal. Nehme eine Banane, entferne die Schale, beiße herzhaft hinein und kaue ordentlich durch. „So geht das", sage ich ihr. Jetzt scheint sie etwas verdutzt, aber gut, muss ihr ja nicht peinlich sein, dass sie das nicht wusste.

„Jetzt lass uns aber mit der Kerze beginnen", versuche ich sie von ihrem Missgeschick abzulenken. Immer noch leicht irritiert, beginnt sie mit dem Ziehen der Kerze. Wie geschickt ihre Hände dabei immer wieder die

Kerze hoch und runter streicheln, gerade so, als könnte sie nachträglich die Form noch verändern. „Meinst Du", sage ich, „Du kannst so die Form noch ändern"? Sie schaut mich an und meint nur in einem komischen Ton, dass sich auf diese Weise schon so manche Kerze verändert hat. Na ja, da scheint sie sich nun wohl besser auszukennen als ich.

Als sie die Kerze dann fertig hat und ich dicht neben ihr stehe, damit ich mir das Kunstwerk anschauen kann, fasst sie mich doch tatsächlich an meine Unterhose. Fast ein bisschen erschrocken sage ich: „Ja, dass ist echte Schafwolle, das wolltest Du doch bestimmt wissen, oder?" Sie meint noch, ob mich das denn völlig kalt lassen würde. Ich antworte nur: „Nein das ist nicht kalt, bei so einer Wolle friert man nicht". „Vor allem, wenn man die mehrere Tage trägt, dann gibt das so eine richtig schöne Fettschicht und das schließt die Wärme ein".

Daraufhin packt Merle ihre Sachen ein, schmeißt die Kerze auf den Boden und meint nur: „Dir ist ja nicht mehr zu helfen". Komisch, dass nun ausgerechnet sie jetzt so reagiert, wo ich ihr doch alles so gut erklärt habe. Ich muss da unbedingt bald mal mir Wiebke drüber sprechen, warum Frauen so reagieren, oder ich frage mal bei meinen Freunden in der Community, die kennen sich bestimmt auch damit aus.

Wütend schnaubt sie hinaus und verliert dabei noch so Worte wie „Versager", „Sojawürstchen" und andere, die ich hier nicht nennen möchte. Jetzt bin ich aber etwas enttäuscht von ihr, den Abend hatte ich mir viel romantischer vorgestellt. Nun, vielleicht waren meine Vorstellungen und Wünsche auch zu Sex behaftet. Immerhin wäre ich sogar so weit gegangen, sie zu küssen. Ob sie das gemerkt hat und mich jetzt überall als Lustmolch darstellt? Hoffentlich nicht, ich muss das unbedingt wieder gutmachen.

Aber das Wichtigste ist natürlich, dass ich meine neunte Kerze habe und nun endlich den Kranz damit bestücken kann.

Der Backkreis für vegane Kekse

Heute Abend ist Backkreis und ich habe ein richtig schlechtes Gewissen, wegen meines schlechten Benehmens, Merle gegenüber.

Irgendwie hoffe ich, dass sie gar nicht kommt. Aber alle sind sie da. Ulfi, Malte, Merle, Timea, Wiebke und natürlich ich. Wie fast immer treffen wir uns bei Wiebke. Leider hatte ich noch keine Zeit, mit ihr über den Vorfall mit Merle zu sprechen.

Noch bevor es losgeht, macht Ulfi einen komischen Spruch: „Na hat Merle denn deine Kerze ordentlich gezogen?", sagt er mit einem Lachen. „Ja, das hat sie und die steht jetzt wie sie stehen muss", antworte ich wahrheitsgemäß.

Merle kichert nur und guckt die anderen an. Puh, scheinbar hat sie mir meine Wollust doch nicht übel genommen. Da habe ich ja nochmal Glück gehabt. Heute jedenfalls werde ich mich zurückhalten und nicht wieder rangehen wie ein Tiger. Was sollen die anderen sonst von mir denken und ganz besonders Wiebke. Das geht so alles nicht und ich bitte Wiebke, ob sie mal ein paar Minuten Zeit für mich alleine hätte, ich müsste unbedingt mal mit ihr sprechen.

Daraufhin guckt nun Merle ganz komisch. Ob sie ahnt, um was es gehen wird? Egal, ich muss da jetzt durch und mich bekennen.

Wiebke geht mit mir in ihr Wohnzimmer und mit gesenktem Kopf erzähle ich ihr alle Details, was beim Kerzenziehen so vor sich gegangen ist. Während ich so rede, höre ich nur, wie Wiebke die Wörter Miststück und geiles Luder dazwischenwirft. Ich entschuldige mich auch noch mal bei Wiebke und sage, dass ich gar nicht verstehen kann, wie Merle gespürt hat, dass ich sie vielleicht sogar hätte küssen wollen.

Jetzt ist Wiebke auch noch irritiert und sagt nur: „Sören, Du solltest weniger kiffen, viel weniger". Das nehme ich mir jetzt sehr zu Herzen, ich wusste ja nicht, dass die paar Joints so ein wildes Tier aus mir machen. Sofort werde ich das sein lassen, verspreche ich Wiebke. Sie schüttelt nur mit dem Kopf und ich sage noch schnell: „Bei dir wäre ich natürlich zurückhaltender gewesen". „Das beruhigt mich jetzt unheimlich", sagt Wiebke noch in einem komischen Ton und geht wieder voraus in die Küche.

Die anderen haben schon mit dem Teig angefangen und während die Jungs kneten, formen die Mädchen verschiedene Figuren. Beim Kneten sagt Malte noch: „Na das fühlt sich bestimmt an wie bei Merle, was Sören"? „Nein", antworte ich, „Merle hat die Kerze ganz zärtlich mit ihren Händen geformt, nicht so fest geknetet". Malte und Ulfi brechen in ein Gelächter aus, nur ich weiß nicht, was sie meinen.

Die Mädchen haben inzwischen lauter tolle Figuren geformt. Die von Merle sehen aus wie eine Banane, die zwischen zwei Ostereiern liegt. Komisch, dabei ist doch Weihnachten, aber ich will sie nicht schon wieder verbessern, sonst denkt sie noch, ich wäre ein Besserwisser. Als sie merkt, dass ich auf ihre Figuren starre, sagt Merle: „Na Sören, woran erinnert dich das"? Dabei streichelt sie nun wieder das Backwerk wie neulich die Banane. „Ich weiß nicht so recht, irgendwie an Ostern"? Antworte ich. Alle außer mir brechen jetzt wieder in Gelächter aus, ich laufe ganz rot an und die Situation ist mir höllisch peinlich. Sind das meine eigenen schlechten Gedanken, die das jetzt auslösen? Ich muss mich erstmal setzen.

Während so die Tränen auf mein Batikshirt tropfen, kommt Wiebke und tröstet mich. Sie schenkt mir einen Gutschein aus dem Bioladen für die Müsli-Verlosung 6 aus 49.

Wiebke ist die Beste. Ich lese mir sogleich die Teilnahmebedingungen durch. Die anderen haben sich nun auch wieder beruhigt und wollen rücksichtsvoller mit mir umgehen, haben sie gesagt. Das finde ich jetzt toll, so kann ich mich schon auf das Weihnachtsbaumumtanzen freuen. Wie schön wenn man Freunde hat.

Die Müsli Verlosung

Neulich bekam ich ja von meiner Freundin Wiebke, die arbeitet im Bioladen, einen Gutschein für die Müsli Verlosung, 6 aus 49, geschenkt. Noch am gleichen Abend habe ich mir die Teilnahmebedingungen durchgelesen und festgestellt, das ist genau mein Ding.

Die haben da angeblich 49 Gläser mit verschiedenen Müsli aufgestellt und man bekommt 6 davon zugelost und muss sie durch das Glas erkennen. Na da bin ich doch der Fachmann.

Ich schnappe mir also meine Jute-Tüte mit dem Regenbogen drauf, ziehe extra meinen selbstgehäkelten Delphinpullover an, schwinge mich auf mein rosa Damenrad und dann gehts zum Bioladen.

Richtig viel Betrieb heute hier, aus der Ferne kann ich schon Wiebke erkennen, die beim Bedienen der Kunden ist. Ich winke ihr zu und sie freut sich wohl so, dass sie mir auch zurück winkt.

Leider ist es ein Kollege von ihr, der mit mir die Verlosung durchgeht. Zuerst zeigt er mir die möglichen Gewinne. 1. Preis, 14 Tage trommeln mit Frank in der Toskana. 2. Preis, ein „Wochenend-Yogakurs" bei der Volkshochschule. 3. Preis, ein Einkaufsgutschein in Höhe von 25 Euro.

Voller Erwartung ziehe ich 6 verschiedene Nummern, dann gehe ich mit dem Verkäufer zu den einzelnen Müsligläsern.

Das 1. erkenne ich sofort, das ist das Dinkelvollkornflocken Großblatt Müsli mit Datteln. Auf das richtig des Verkäufers muss ich gar nicht warten. Ich weiß es halt. Das 2. ist ein bisschen schwerer, aber ich schaue mir das Glas genau an und sage: „Hafervollkornflocken Beerenmischung, getrocknet und geölt, mit Weinbeeren, Himbeeren, Erdbeeren und roten Johannisbeeren. Der Verkäufer ist begeistert.

Noch eins, dann habe ich schon die Hälfte. Das 3. ist wieder ganz leicht, Haferkleie mit Keim. Jetzt das 4. Ich muss etwas nachdenken, dann habe ich die Lösung, geröstetes Müsli, Goji und Aronia, mit Gojibeeren, Aroniabeeren und Erdbeeren. Wow, der Sieg naht. Schnell das 5. Fünfkornflocken, wie passend zur Nr. 5. Nun nur noch eins, dann beginnt die Reise mit Frank. Wir schreiten, zur Nr. 6. Jetzt wird es schwer, das habe ich noch nie gesehen. Ich schüttel es etwas, schnuppere sogar mal kurz dran, aber ich komme einfach nicht darauf. Der Verkäufer zählt langsam von 10 auf 0, aber es fällt mir einfach nicht ein. Schade, aber ich gebe auf. Der Verkäufer holt einen Zettel hervor und sagt: „Cornflakes".

Jetzt bin ich aber stinksauer, er will doch wohl nicht allen Ernstes Cornflakes als Müsli bezeichnen. Das ist Betrug, schreie ich durch den ganzen Laden. „Kapitalistenschweine", lasse ich noch folgen.

Der Verkäufer versucht, mich zu beruhigen, aber das macht mich nur noch aggressiver. Ich schaue in Richtung Wiebke, inzwischen sind ohnehin alle Augen auf mich gerichtet und schreie erneut: „Wiebke, bei solchen Imperialisten arbeitest Du? Die betrügen und beuten doch nur das Volk aus. Wiebke scheint mein Auftritt etwas peinlich zu sein und sie duckt sich hinter den Sojaschnitten und versucht sich zu verstecken.

Nachdem ich nun die Hälfte der Müsligläser vom Regal geworfen habe, erscheint noch ein zweiter Verkäufer. Er zerrt dermaßen an meinem Pullover, dass mein Delphin fast wie ein Aal aussieht. Während des mehr oder weniger freundlichen Rauswurfes reiße ich noch die restlichen Gläser vom Regal und werfe das Wort Megamüslimix in den Raum. Im Gegenzug werfen die Verkäufer mich vor die Tür.

Ich schwinge mich sofort auf mein Fahrrad, fahre nach Hause und beginne damit Plakate zu malen. Mit denen fahre ich dann wieder zum Bioladen und postiere mich davor. Auf dem einen steht: „Müslibetrüger, schlimmer als Volkswagen" und auf dem anderen: „Befreit Wiebke aus den Fängen der imperialistischen Müslimafia".

Kurze Zeit später erscheint die Polizei. Na endlich kommt mal jemand, um dem Betrug ein Ende zu bereiten. Sie fragen mich, was hier los wäre, und ich erkläre ihnen die Sachlage, dass Wiebke gegen ihren Willen und ihre Überzeugung von den Kapitalisten hier gefangen gehalten wird. Ich lasse noch ein paar Begriffe wie körperliche Gewalt, Hanfprodukte, Wettbetrug und Ähnliches fallen.

Die beiden Streifenpolizisten telefonieren kurz und schon wenige Minuten später erscheint das SEK und stürmt den Laden.

Schnell haben sie Wiebke befreit, die restlichen Verkäufer überwältigt und die Lage im Griff. Das war leider der Moment, als der Geschäftsführer eine etwas andere Art und Weise der Situation den Polizisten mitteilt. Irgendwie scheint die Stimmung jetzt umzuschlagen und die Blicke der Uniformierten richten sich plötzlich auf mich.

Ich lächel leicht zurück und versuche noch, mein Fahrrad zu erreichen, aber zu spät. Wieder mal typisch Staatsmacht, sie ergreifen mich und Wiebke, zerren uns in ein Polizeiauto und dann geht es zur Wache.

Anfänglich tut Wiebke so, als würde sie mich nicht kennen, doch die Beamten haben das schnell durchschaut und ich erkläre ihnen noch, dass ich extra von Wiebke dazu angehalten wurde, an dieser Veranstaltung teilzunehmen. Wiebke will auch gar nicht mit mir sprechen, dabei war ich es doch, der sie aus den Fängen des Müslikartells befreit hat.

Dann beginnen die Polizisten damit, mich zu verhören. Jedes Detail, jede genaue Zusammensetzung der Müslis beschreibe ich ihnen. Als sie das abkürzen wollen, protestiere ich und bestehe auf die Details, da ja nur so die Sachlage richtig zu erkennen ist.

Als ich ihnen die genaue Definition von Dinkel Großblatt und Normalblatt erläutere, wird einer der beiden doch etwas ungeduldig, guckt seinen Kollegen an und sagt: „Schmeiß den Spinner raus, der hat da jetzt ohnehin Hausverbot und mehr ist bei dem sowieso nicht zu holen". Ich finde das jetzt etwas oberflächlich, so einen Fall zu beenden, ohne das die Details geklärt sind. Aber meine Proteste hier sind leider auch nicht von Erfolg und die Herren begleiten mich nach draußen.

So einfach werde ich das aber nicht auf mir sitzen lassen, zum Wochenende werde ich einen Leserbrief in der lokalen Zeitung veröffentlichen. Kann ja nicht sein, dass noch mehr Menschen hier so über den Tisch gezogen werden.

Am Abend dann fahre ich nochmal zu Wiebke. Ich klingel und klopfe, aber sie öffnet nicht die Tür. Komisch, das kann ich jetzt gar nicht verstehen. Aber was solls, nächste Woche ist ja das Treffen zum Weihnachtsbaum umtanzen und bis dahin ist bestimmt wieder alles gut.

Weihnachtsbaum umtanzen.

Endlich ist es so weit, unser Treffen zum Umtanzen der Weihnachtsbäume. Das hat hier so richtig Tradition, damit haben wir damals schon in der Waldorfschule begonnen. Ich freue mich so auf die anderen, besonders auf Wiebke. Bestimmt hat sich das kleine Missverständnis geklärt und sie ist froh, mich zu sehen und ganz besonders stolz auf mich.

Wie verabredet treffen wir uns am Sonntagnachmittag am Stadtwald. Timea hat doch tatsächlich ihre Harfe mitgebracht und Ulfi seine Triangel. Wow das wird ja ein Happening.

Wir sind ja nicht wie die meisten Menschen und schlagen die Tannenbäume, das heißt ja schließlich töten des Baumes. Nein, wir freuen uns an seinem Leben, wünschen ihm ein frohes Weihnachtsfest und viele Nachkommen.

Vorbei geht es an vielen anderen Bäumen, wobei Merle immer wieder mal anhält, einen

Baum umarmt und danach auch richtig ausgeglichen und glücklich aussieht.

Endlich bei der Tannenschonung angekommen, bilden wir einen Kreis um den ersten Baum und tanzen unsere Namen im Reigen um ihn herum. Dann beginnt Timea auf der Harfe zu spielen und Ulfi stimmt mit dem Triangel ein. Wir übrigen tanzen um den Baum und es ist fast wie eine Meditation.

Nur Merle fällt ein wenig aus der Rolle, sie scheint förmlich in Ekstase zu geraten. Nach und nach reißt sie sich die Sachen vom Körper und nun sitzt sie nur noch im Slip bekleidet direkt am Stamm des Baumes und reibt sich an ihm. Timea spielt immer schneller auf ihrer Harfe und mit einem wilden Stöhnen schreit Merle den Baum an: „Gib mir deinen Stamm, ich will ein Kind von dir".

Wir denken uns nichts Sonderliches dabei, das passiert fast jedes Jahr so. Merle ist da sehr exaltiert. Während sie sich nun so am Stamm reibt, wir drumherum tanzen, Timea und Ulfi ihre Instrumente spielen, ertönt plötzlich ein Schuss.

Ein Mann in einem langen grünen Lodenmantel, in Begleitung eines sabbernden Hundes, steht plötzlich auf der Bühne. „Was habt Ihr denn geraucht?" Schreit er uns an. Wir verharren, die Instrumente verklingen, nur Merle in ihrer Ekstase, genießt noch ihren abklingenden Orgasmus.

Malte ist der Erste, der die Fassung wieder erlangt. Er beantwortet die Frage des Forstmannes mit: „Noch nichts, aber keine schlechte Idee, was haben Sie denn so dabei?" Der Förster sieht so aus, als wäre das nicht die korrekte Antwort auf seine Frage gewesen. Sein Hund hingegen beschnuppert Merle aufs Heftigste.

Aus dem Lodenmantel dringen nun Worte wie: Frevel, Waldschändung, Unruhestiftung, Verführung minderjähriger Blaufichten und sexuelle Belästigung von Waldbewohnern. Zu Merle sagt er noch ganz explizit: „An der Fichte können sie sich so lange reiben wie sie wollen, sie bekommen die Zapfen nicht zum Stehen und machen eine Tanne daraus".

Auch mein Einwurf in Form von, das machen wir so jedes Jahr, scheint sein Gemüt nicht ruhiger zu stimmen. Bestimmt isst er viel zu viel Fleisch und hat eine sogenannte Grundaggressivität. Ulfi stimmt mit dem Triangel ein beruhigendes „Ein Männlein steht im Walde" an, um die Situation zu deeskalieren. Musikalisch scheint der Aggressor im Loden nicht zu sein. Jedenfalls verpufft Ulfis Versuch bei ihm.

Uns wird das hier jetzt aber zu blöde, Merle sammelt ihre Sachen ein und wir ziehen weiter. Den Förster lassen wir einfach stehen und unter absingen von Weihnachtsliedern wechseln wir die Schonung.

Ein Stück weiter werden wir Zeugen eines Weihnachtsbaummassakers. Mit Äxten, Sägen, ja sogar mit Motorsägen werden hier die Nadelträger gefällt. Wir müssen sofort etwas unternehmen. Immer wenn einer einen Baum fällen will, bilden wir schnell einen Kreis drumherum und tanzen.

Ohne viele Worte nähern sich 4 kräftige Männer, alle mit Bart und großkarierten Hemden. Sie reden nicht, es ist mehr ein

Grunzen, das sie von sich geben. Zuerst packen sie Ulfi, Malte und mich, drehen uns den Arm auf den Rücken und bringen uns zu dem Gerät, wo die Tannenbäume in ein Netz geschoben werden.

„Das ist jetzt nicht Euer Ernst", ruft Ulfi noch, aber er ist der Erste, der eingenetzt wird. Dann folgen Malte und ich. Die Frauen hingegen haben Glück und bleiben ungeschoren. Wir schauen ziemlich bedröppelt aus und das jetzt einige mit ihren Handys auch noch Fotos machen, ist auch nicht wirklich beruhigend.

Lachend nehmen die Männer wieder ihre Beschäftigung auf, während die Frauen erst Ulfi und dann Malte befreien. Als Merle versucht, mein Netz aufzureißen, ruft Wiebke: „Stopp".

„Wie wäre es, wenn wir die Polizei oder das SEK rufen um ihn zu befreien?", fragt sie. Das finde ich jetzt wirklich nicht lustig, dass sie nochmal auf das blöde Gewinnspiel anspielt. „Wegen dir habe ich fast meinen Job verloren", fügt sie noch hinzu. Jetzt schäme ich mich ein bisschen und bitte die anderen, mich nun endlich zu befreien. Malte und Ulfi sind dann so nett und helfen mir.

Etwas unzufrieden gehen wir nach Hause, für das nächste Jahr haben wir uns nicht gleich wieder verabredet. Am Abend dann schaue ich mir noch ein Video auf Youtube an, irgendwie kommen mir die Leute in den Netzen dort bekannt vor.

Aber Wiebkes Verhalten macht mir immer noch ein bisschen Sorgen, ich glaube, ich muss etwas ganz Besonderes machen, damit sie wieder gut auf mich zu sprechen ist.

Ich darf damit auch nicht zu lange warten; denn ich weiß, Wiebke kann auch nachtragend sein. Damals, als im Bioladen einige Sojaröllchen über Nacht sauer geworden sind, wurde sie ebenfalls sauer auf diese und hat sich wochenlang geweigert neue Sojaröllchen zu verkaufen. Fast wäre sie sogar so weit gegangen, ihren Chef, darum zu bitten, grundsätzlich keine Sojaprodukte mehr anzubieten.

Sörens „Grippenspiel"

Lange habe ich darüber nachgedacht, wie ich Wiebke wieder fröhlich stimmen kann. Jeden Abend habe ich den Gedanken mit in meine Meditation aufgenommen und sogar bewusstseinserweiternde Drogen genommen. Aber leider alles ohne Erfolg. Als nichts mehr geholfen hat, fiel mir noch als letzte Lösung ein Gebet in der Kirche ein. Das werde ich heute sofort umsetzen und einfach mal hingehen.

Die Kirche ist ziemlich leer, nur der Pfarrer und ein paar jugendliche Helfer sind dort zu sehen. Als ich mich ihnen nähere, verstummen sie und stehen mit weit aufgerissenen Augen vor mir.

Der Pfarrer ist der Erste, der wieder Worte findet und sagt: „Oh Herr, dass du in unserer Kirche erscheinst". Wie kommt er nun darauf mich als Herr zu bezeichnen? Gerade wo ich doch nur meine alten langen Schlabbersachen trage, mich schon wochenlang nicht rasiert habe. Komisch, aber vielleicht ist dies die werbende Art der Kirche, um neue Schäfchen zu bitten.

„Lasst mal gut sein, alles easy", antworte ich und der Pfarrer samt Jugendlichen fallen sofort auf die Knie und nehmen eine betende und sehr devote Haltung ein. „Ich bin zu Euch gekommen, damit Ihr mir bei einem Problem helft", füge ich noch hinzu.

„Oh Herr, welch eine Ehre für unsere Gemeinde", stammelt der Pfarrer. Ich bitte sie doch nun endlich aufzustehen und mir dabei zu helfen, Wiebke zu überzeugen, dass ich alles nicht böse gemeint habe. Jetzt habe ich den Pfarrer wohl völlig verwirrt, er faselt etwas von Maria, nicht von Wiebke. Was soll das? Eine Maria kenne ich überhaupt nicht.

Nun erzählt er etwas von einem „Grippenspiel", von 3 Heiligen Königen, einem nackten Kind, der Jungfrau Maria, Hirten, Schafen, Jesus und einem Esel. Dann legt er mit Weihrauch, Möhre und Gold noch einen obendrauf. Als ich Weihrauch höre und im Hintergrund eine dampfende Schale sehe, ahne ich schon Schlimmes.

Bestimmt hat er sich mit dieser ihn begleitenden Jugendgang ordentlich was eingepfiffen und redet jetzt wirre Sachen. Seine Worte: „Wir üben hier gerade fürs „Grippenspiel", machen mich etwas vorsichtig.

Man hat ja schon so einiges über den Umgang mit Kindern und Jugendlichen in der Kirche gehört. „Grippenspiel", bestimmt so etwas Perverses mit „Fiebermesse" und so. Als der Pfarrer dann auch noch fragt, ob ich dem Ganzen nicht beiwohnen möchte, wenn sie es am Heiligabend vor der Gemeinde vorführen, wird es mir aber doch zu eklig.

Unter einem mehrfachen Halleluja der Jugendgang verlasse ich fluchtartig die Kirche. Ob Wiebke vielleicht auf solche Rollenspiele steht? Es wäre ein gewagtes Unterfangen, das mit ihr auszutesten. Aber vielleicht habe ich sie ja auch bisher nur verkannt und genau das ist es, was ihr fehlt.

Ich werde mir mal Weihrauch besorgen, den rauchen und dann auf eine Entscheidung in meinem Kopf warten. Puuh, was ein harter Stoff. Mir ist ganz schwindlig und komische

Bilder entstehen in meinem Kopf. Eins weiß ich aber sofort, vor der Gemeinde will ich so eine Nummer nicht abziehen.

Auf einem Zettel habe ich mir jetzt noch schnell die vom Pfarrer benannten Figuren aufgeschrieben, nicht das ich irgendwas vergesse. Ich habe beschlossen, Heiligabend so ein „Grippenspiel" bei mir zuhause aufzuführen, aber wo bekomme ich die ganzen Statisten her?

Ein paar sind ja ganz einfach. Die Heilige Jungfrau ist natürlich Wiebke, das nackte Kind kann Merle gut spielen, die zieht sich ja ohnehin bei jeder Gelegenheit aus. Den Esel werde ich Timea zuordnen, ihr Hintern gibt das auf jeden Fall her. Die Heiligen Drei Könige sind Ulfi und Malte. Ihr denkt bestimmt, ich habe mich jetzt verzählt, nein das ist nicht so, Malte hat eine gespaltene Persönlichkeit, das passt schon.

Bleibt für mich noch die Rolle des Jesus. Aber wer spielt die Schafe? Schafe sind immer am Meckern und Blöken, da würden sich doch gut die beiden alten Schwestern aus der Wohnung im ersten Stock für eignen.

Ob ich die zu so einem Rollenspiel überreden kann? Ich muss gleich mal runter zu ihnen, um sie zu fragen.

Ich klingel ganz tapfer bei den beiden alten Damen und bevor sie zu Wort kommen, erzähle ich ihnen sofort, dass ich sie gern zum 24. Dezember einladen möchte. Sie schauen etwas erstaunt und die eine ruft aus dem Hintergrund, dass sie selbst schon einen Weihnachtsbaum hätten, ihnen nur noch ein ordentlicher Ständer für diese Tage fehlen würde. Das habe ich jetzt aber sofort verstanden. Hätte gar nicht gedacht, dass die in ihrem Alter noch so versaut sind. Auf jeden Fall scheinen sie die richtige Wahl für das Rollenspiel zu sein.

Ich erwähne die Worte Rollenspiel, wollüstige Schafe und ordentlich etwas zu rauchen. Sie sind sofort Feuer und Flamme und wollen mit dem Basteln der Verkleidung noch am heutigen Abend beginnen. Nie hätte ich geglaubt, die ganze Truppe so schnell zusammen zu bekommen.

Gleich morgen werde ich Wiebke, Timea, Merle, Malte und Ulfi einladen. Merle ist sofort begeistert, als sie hört, dass sie eine Rolle hat, bei der sie sich ausziehen darf. Meint aber, wir sollten das ruhig vorher noch ein bis zweimal üben, damit dann am 24. Dezember auch alles klappt. Ich bedanke mich für den Tipp bei Merle und lade nun doch alle schon mal für 3 Tage vorher ein.

Jetzt muss ich natürlich noch eine Art Drehbuch machen. Nur gut, dass noch ein paar Tage Zeit sind. Ich habe also folgende Vorstellung. Ich habe die Grippe und liege mit der nackten Merle im Bett. Das wird Wiebke bestimmt gefallen. Was mir fehlt, ist ein Fieberthermometer, da werde ich wohl das runde Badethermometer nehmen. Maria, also Wiebke in ihrer Gutmütig- und Heiligkeit wird dann damit bei Allen Fieber messen. Nur über die Reihenfolge müssen wir uns da noch einig werden.

Bis auf Wiebke weihe ich alle bei der Einladung über den Ablauf und ihre Rollen ein. Merle und die beiden alten Damen sind sofort dabei. Ulfi hat noch etwas Bedenken und meint, ob ich mir denn sicher wäre, dass Wiebke das gut findet? Er war schon immer ein Zweifler und Ungläubiger. Als ich ihm dann erzähle, dass auch in der Kirche so eine Aufführung vor der ganzen Gemeinde stattfindet, beruhigt ihn das aber.

Es ist jetzt 3 Tage vor Weihnachten und es klingelt. Ich habe extra alle so bestellt, dass wenn Wiebke als Letztes kommt, schon alles vorbereitet und aufgebaut ist. Es soll ja trotz Üben eine Überraschung für sie sein.

Als Erste erscheint Merle, sie reißt sich noch im Flur die Sachen vom Leib und legt sich schon mal ins Bett. Dann klingeln die beiden alten Damen, fast hätte ich sie gar nicht erkannt. Sie nehmen ihre Bademäntel ab und außer jeder Menge Wattebäusche, die sie auf Bauch und Rücken geklebt haben, tragen sie nichts darunter. Hm, es sind halt schon ältere Schafe.

Als Nächstes erscheinen Ulfi und Malte mit seiner gespaltenen Persönlichkeit, man erkennt es sofort, da er zwei Kronen trägt. Die haben sich die Jungs extra noch bei Burger King besorgt. Auch Timea erscheint noch rechtzeitig, so dass wir nun bis auf die Heilige Jungfrau vollzählig sind.

Zur Einstimmung habe ich schon eine riesige Tüte mit Myrrhe und Weihrauch vorbereitet. Nur ein paar Züge und wir sind alle sofort ganz locker drauf. Es ist lustig anzuschauen, wie die alten Damen so fast nackt durch das Wohnzimmer hoppeln. Wiebke wird sich kaum einkriegen vor Freude, wenn ich die Tür zum Wohnzimmer öffne und sie die ganze Pracht erblicken kann.

Es klingelt, der spannende Moment naht, alle sind auf ihren Plätzen. Stolz schreite ich zur Tür und öffne sie. Wiebke sagt, sie freut sich darüber, mich zu sehen und auf so einen Abend hätte sie schon immer gewartet. Ich bin verwirrt, hat jemand gepetzt? Aber finde ich toll, dass sie auch so auf Rollenspiele steht.

Ich schreite mit ihr zur Tür, sage noch: „Du bist die heilige Jungfrau", was sie ganz stolz und fast verlegen macht, dann öffne ich die Tür ruckartig und Wiebke ist wie zur Salzsäule erstarrt. Tja, das hätte sie wohl nicht geglaubt, was ich extra für sie alles auf die Beine stelle.

Sie bekommt vor lauter Bewunderung kein Wort heraus, schüttelt nur vor Freude mit dem Kopf. Als dann noch die beiden „Schäfchen" sich an ihren Beinen reiben, ist es dann so weit. Ein Freudenschrei von Wiebke. „Sören", höre ich sie brüllen „Du perverse Sau". Sie dreht sich um und rennt weinend aus der Wohnung.

Das war jetzt wohl doch zu viel Überraschung für sie, damit hatte sie bestimmt nicht gerechnet. Wir anderen rauchen noch ein bisschen was und lassen den Abend gemütlich ausklingen.

Von Wiebke habe ich nichts mehr gehört und der Heiligabend war sehr einsam. Zwar klingelten noch die beiden alten Damen als Schäfchen verkleidet, aber auf so eine halbe Aufführung hatte ich nun doch keine Lust. Frohe Weihnachten, Euer Sören.

Im neuen Jahr wird alles besser.

Nach dem nun doch sehr einsamen und traurigen Weihnachtsfest habe ich noch mehrfach versucht, Kontakt zu Wiebke aufzunehmen. Leider ohne Erfolg. Egal ob ich bei ihr zuhause geklingelt habe, sie hat nicht geöffnet. Mehrere Anrufversuche scheiterten. Auch kann ich sie ja nicht im Bioladen besuchen, da habe ich seit dem Müslilotto ja leider Hausverbot.

Also muss ich mir was einfallen lassen. Die nächste große Chance wäre Silvester oder Neujahr. Wenn sie schon mein Klingeln nicht hört, muss es eben etwas sein, was sehr laut und einmalig ist. Für heute Abend habe ich mich mit meinen alten Freunden vom alternativen Extremismus Bund verabredet. Wenn es um Sachen geht, die so richtig fetzen, dann sind das genau die richtigen Ansprechpartner.

Ich habe an so etwas wie einen Megaböller oder eine Riesenrakete gedacht. Am besten genau vor Wiebkes Wohnung, damit sie auf jeden Fall aufmerksam wird.

Am Abend dann, nach ein paar Bieren und einigen Tütchen, hören mir die alten Kumpels auch zu. Zwar finden sie meine Idee genial, aber irgendwie fehlt ihnen der politische Hintergrund für mein Ansinnen. Nur aus Egoismus wollen sie mir da nicht helfen.

Wie ich dann aber so von Wiebkes Wohnblock, dem Hausmeister mit Dackel und der Putzordnung für das Treppenhaus erzähle, schwenken sie sofort in meine Richtung. „Hättest Du mal gleich gesagt, dass es sich um einen tierquälenden Imperialistenknecht handelt, der hier willkürlich die Bewohner mit Einschränkungen ihrer persönlichen Freiheit drangsaliert, hätten wir sofort zugestimmt", sagt einer.

Kaum ausgesprochen, glühen die Drähte; denn die Zeit drängt ja nun bis zum Silvesterabend. Die ersten Erfolge wie: 2 KG Plastiksprengstoff, eine Panzerfaust, 4 KG Magnesium, etwas Kalium Permanganat, sowie die ersten Entwürfe für Transparente, sind schnell organisiert. Ach, wenn ich meine

Freunde nicht hätte, was wäre ich hilflos. Unter absingen der Internationalen lassen wir den Abend ausklingen und verabreden uns für Übergabe, Bau und Einweisung am 30.12 bei mir zuhause.

Ich kann es kaum erwarten, dass der Jahreswechsel naht. Inzwischen habe ich sogar mein, nun schon längere Zeit in Gebrauch befindliches, leicht fleckiges Bettlaken geopfert und mit roter Farbe: „Wiebke, ich will Dich", draufgeschrieben.

Die Jungs vom antifaschistischen Bund sind pünktlich und wir verarbeiten die ganzen Sachen zu einer Art Sprengrakete, die von der Panzerfaust aus, abgeschossen wird. In Höhe von Wiebkes Balkon soll dann der Plastiksprengstoff explodieren, Magnesium und Kalium Permanganat eine Wunderwelt von Funken entfachen. Die Jungs sind einfach genial. Diverse Transparente wie: „Tod dem Imperialismus", „Befreit Wiebke", „Weg mit dem faschistischen Tierquäler" und sogar eins auf dem steht: „Hausmeister nein danke", haben sie ebenfalls mitgebracht.

Die Transparente soll ich unbedingt vorher aufhängen, dann das Ganze mit dem Handy filmen und auf Youtube hochladen, so hätten wir immer eine wunderschöne Erinnerung für später, schlagen sie noch vor. Ich bin begeistert, ist doch toll, wenn man auch den Enkeln später mal zeigen kann, wie man seine Allerliebste erobert hat.

Es ist der 31.12, 23.30 Uhr. Ich habe noch 2 Dosen Bier und einen süßen Blumenstrauß von der Tanke geholt. Es muss ja auch gefeiert werden. Die Straßen sind noch recht ruhig, nur aus manchen Häusern hört man laute Musik. Hin und wieder sehe ich schon eine kleine Rakete am Nachthimmel oder höre leise Böller. Ihr werdet euch noch alle wundern, denke ich so bei mir und beginne mit dem Aufhängen der Transparente.

In einem kleinen Gebüsch positioniere ich mich dann mit der Panzerfaust und dem nötigen Zubehör und schaue gebannt auf die Uhr. Ich werde bis ein paar Sekunden nach 24 Uhr warten, vielleicht tritt dann Wiebke sogar auf den Balkon.

Es ist Mitternacht, überall höre ich nun die erbärmlich kleinen Möchtegernraketen und Böller. Nur 10 Sekunden später steht auch schon der Hausmeister im grauen Kittel, Hut, mitsamt seinem tierischen Helfer und einem Besen vor dem Haus. Weitere 15 Sekunden später lassen auch einige Hausbewohner ihr Feuerwerk abbrennen. Im Schein der Lichter kann man schon das eine oder andere Transparent erkennen.

Es dauert tatsächlich bis 5 Minuten nach 12, bis Wiebke ihren Balkon betritt. Genau wie mir gezeigt wurde, zünde ich die Panzerfaust mit dem Spezialaufsatz. Leider habe ich mich in dem selbstgebastelten Gestell etwas verhakt und die Flugkurve verändert sich zu Ungunsten der Hausmeisterwohnung. Die Durchschlagskraft ist immens, rumms, genau in das Wohnzimmer. Dort explodiert dann auch der Plastiksprengstoff mit dem Magnesiumfunkenwunder. Es sieht aus, als wäre ein Ufo in der Wohnung explodiert. Alle Anwohner kommen schreiend herausgerannt, unter anderem auch Wiebke. Alles noch filmend, laufe ich ihr mit dem

Blumenstrauß und geöffneter Bierdose entgegen und rette sie sozusagen aus den Flammen. Wenn das mal nicht der Stoff für einen Hollywoodklassiker wird.

„Das habe ich alles für Dich getan", raune ich Wiebke ins Ohr, doch sie scheint nicht hören zu können. Sie deutet nur auf ihre Ohren, die man kaum am schwarzen Gesicht wahrnehmen kann, und reißt erschrocken den Mund weit auf. Ihre weißen Zähne blitzen wunderschön in der Dunkelheit und durch den Ruß im Gesicht kommen sie noch besser zur Wirkung. Was für ein magischer Moment.

Der Hausmeister ist entsprechend gerührt, dass er sich an sein Herz fasst und vor Freude auf die Knie sinkt. Andere Bewohner sind so begeistert von der Idee, dass sie alle ihre Handys zücken und bestimmt sofort ihre Freunde und Bekannten anrufen, damit auch die erfahren, was hier für eine Liebesinszenierung stattfindet.

Inzwischen hat sich eine richtige Menschenmenge angefunden, die uns auch einkreist und unserer Romanze wohl neidisch folgen. Aus der Ferne kann ich noch ein paar sich nähernde Martinshörner hören, vielleicht ist irgendwo ein Unfall passiert. Aber das wollen wir doch nicht hoffen in so einem wunderschönen Moment.

Um die Menschenmenge herum ist jetzt ein großes Lichtspiel von Blaulichtern und lautes Getöse der Martinshörner. Alle wollen uns feiern. Sogar die Jungs vom SEK kommen angerannt und wollen ihre Glückwünsche loswerden. Deswegen die Martinshörner und Blaulichter, sie konnten es gar nicht abwarten.

Aber irgendwas müssen sie falsch verstanden haben, sie nehmen Wiebke und mich in Gewahrsam, sammeln die Transparente und die Abfeueranlage für die Panzerfaust ein und konfiszieren mein Handy. Nur gut das ich das Video noch wie versprochen hochladen konnte. Danke LTE.

Auf der Wache dann tun sie gerade so, als wäre ich Bin Laden persönlich. Sie faseln etwas von Herbeiführung einer Sprengstoffexplosion, Kriegswaffenkontrollgesetz, staatsgefährdende Aktion, mutwillige Brandstiftung, Mordversuch in zig Fällen, usw. usw.! Ich kann dem gar nicht folgen, aber der Aufzählung nach zu urteilen, werde ich Wiebke in diesem Leben wohl nicht mehr wiedersehen, höchstens als Besuch in der JVA.

Wiebke selbst haben sie dann recht schnell wieder frei gelassen. Das ist nicht so schön für sie, da auch ihre Wohnung leider mitbeschädigt wurde, dass ganze Haus dem Abriss geweiht ist und sie nun auf der Straße steht. Direkt vom Gewahrsam ging es dann in die U-Haft.

Die Justiz bittet um Gnade.

Jetzt sitze ich hier in der JVA zur Untersuchungshaft. So richtig kann ich das Alles nicht verstehen, es war doch nur gut gemeint. Besuch darf ich leider nicht bekommen, die Beamten haben etwas von Verschleierungsgefahr gesagt. Als ob ich muslimische Frauen kennen würde, so ein Unsinn. Ich habe sofort darauf hingewiesen, dass Wiebke zwar weitausgeschnittene Leinenhemden trägt, nie aber einen Schleier. Der Beamte hat nur mit dem Kopf geschüttelt und anschließend mit seinem Kollegen darüber gelacht.

Über das erste Frühstück hier habe ich mich gleich beschwert. Weißbrot mit Wurst und Käse. Ich bestehe da schon auf mein veganes Müsli, so geht das ja nicht, ich muss wohl in den Hungerstreik treten. Überhaupt sind die Umgangsformen hier sehr ruppig und einem Menschen des Friedens, so wie ich es bin, überhaupt nicht nahe zu bringen.

Sogar meine Schafwollunterwäsche musste ich hergeben. Die haben sich die

Staatsvasallen bestimmt selbst unter den Nagel gerissen und ihr Gefasel von Sondermüll war nur eine Schutzbehauptung. Jetzt trage ich etwas aus Kunststoff und bekomme bestimmt bald Pickel und Juckreiz davon.

Furchtbar langweilig ist es hier und ich frage die Beamten nach Freizeitmöglichkeiten. Einer von ihnen nimmt mich mit und redet ganz begeistert vom Fitnessraum, Tischtennis und einem Fernseher. Der Fitnessraum, ich hatte da an eine Anzahl von gesunden Müslis und anderen veganen Leckereien gedacht, entpuppt sich als Folterkammer. Noch schlimmer aber wird es beim Tischtennis. Wir schauen einen Moment zu, dann frage ich, was der Ball denn getan hat, dass die Männer so fest auf ihn einschlagen. Der Beamte redet etwas von einem Spiel. Ich erkläre ihm sogleich, dass es bestimmt für den armen Ball kein Spiel wäre, so brutal misshandelt zu werden. Auch wenn er ziemlich hohl ist, so hat doch auch er bestimmt Gefühle. Und dann auch noch diese martialische Brutalität, den

Armen mit einer Art Waffe zu verprügeln, wobei er sich überhaupt nicht wehren kann. Das fördert ja geradezu Aggressivität und neue Straftaten der Männer hier. „Was ist denn mit kreativen Schneidern, Batikkursen, Häkeln oder Yoga", frage ich ihn. Den Fernsehraum zeigt mir der Beamte daraufhin nicht mehr. Am nächsten Morgen aber bekomme ich eine Einladung zum Psychologen.

Endlich mal ein gebildeter Mensch, der extra für meine Unterhaltung da ist. Ich bedanke mich bei dem Beamten, dass er so etwas für mich organisiert hat. So viel Dankbarkeit ist dieser wohl nicht gewohnt, er verlässt mit einem Kopfschütteln den Haftraum.

Der Psychologe ist ein netter, älterer Herr mit Nickelbrille. Er sieht etwas verklemmt aus und wenn ich nicht wüsste, dass er Psychologe wäre, würde ich ihn glatt für einen Kinderschänder halten.

Ich soll ein bisschen aus meinem Leben erzählen und was mich zu dem Attentat bewogen hat. Das Wort Attentat überhöre ich jetzt mal und dann beginne ich mit meiner

Jugend, den Weihnachtsvorbereitungen, dem Müslilotto, der Weihnachtsgrippe und ende mit dem Silvesterabend und der großen Liebe.

Inzwischen hat er seine Nickelbrille abgenommen und sein Rollkragenpullover scheint ihm zu eng zu werden. Er schreibt viel mit und schüttelt immer nur wieder mit dem Kopf. „Ich glaube, sie sind hier falsch", sind seine Worte. Na endlich einer, der mich versteht.

Nur wenige Tage später folgt ein weiterer Termin, diesmal sind aber noch die Beamten, die mich betreuen, sowie der Anstaltsleiter und der Staatsanwalt dabei. Der Psychologe bittet mich, erneut meine Geschichte, vorzubringen. In aller Ausführlichkeit erzähle ich es nochmal. Von den beiden alten Damen als Schäfchen verkleidet, von Merle, die sich vom Baum befriedigen lässt, von meiner Begegnung mit dem Pfarrer und seiner Jugendgang, den Drogen und wilden Spielen, die diese dort in der Kirche vornehmen und noch vieles mehr.

Aber ich berichte auch über den normalen Alltag, wie ich mir Sorgen um die Anzahl oder das Verhältnis von Macadamianüssen zu Dinkelkernen im Müsli mache, eine Petition über das nicht zusammen Waschen von Socken initiiere und all den anderen wichtigen Dingen, denen ich mich widme.

Ein einstimmiges Nicken der verschiedenen Staatsdiener zueinander erfolgt und am nächsten Tag werde ich entlassen. Ich glaube, die wollten mich einfach nur nicht, weil ich wegen des Frühstücks gemeckert habe.

Sören, Wiebke und Corona

Lange habt Ihr nichts mehr von mir gehört, liegt wohl daran, das ich nun endlich meine Bestimmung gefunden habe und arbeite. Ja, Ihr habt richtig gehört, arbeite. Das Ganze fing an im Frühling dieses Jahres, als das Coronavirus begann unser Leben zu verändern. Auch mich hatte es ganz kalt erwischt. Eines Tages, ich wollte Wiebke gerade im Bioladen besuchen und nach dem neuesten Superfood befragen, da wurde ich prompt vom Virus gestoppt. Maskenpflicht im Bioladen. Natürlich hatte ich keine Maske für mein Gesicht, warum auch sollte ich meinen Mund und meine Nase verbergen. Aber ohne war einfach kein Zutritt möglich. Also habe ich eine meiner Socken ausgezogen und mir diese vor den Mund gebunden. Sofort konnte ich schon von draußen den Duft vom handgeschöpften Bioziegenkäse wahrnehmen. Da die Socke aber nicht nur stark roch, sondern auch schon etwas klebrig war, war ich mir sicher, hier hat kein Virus keine Chance. Endlich bei Wiebke angekommen ging diese auch gleich auf Distanz. Das kenne ich ja sonst so gar nicht von ihr. Lag bestimmt an dem Schild 2 Meter Abstand halten. Alle anderen Leute hielten auch großen Abstand zu mir und ich konnte sehen wie sich einige (wohl aus Angst vor Ansteckung) auch noch die Nase zuhielten. Wiebke stand ebenfalls in einer Maske da. Selbstgenäht wie sie mir zurief. Ein Ökoprodukt aus Leinen. Diese passte so gut zu ihrem restlichen Outfit. Wie so oft ein langer Rock und eine weit geschnittene Leinenbluse, die so gut ihre Natürlichkeit ausdrückt. Wiebke erklärte mir die ganze Lage und bombardierte mich mit Worten wie Quarantäne, Lockdown, Superspreader und vieles anderes mehr. Ich versprach ihr sogleich mich damit auseinanderzusetzen. Wir verabredeten uns noch für den gleichen Abend und wollten das alles dann bei einem

Matetee besprechen. Ich hatte schon meinen Duden aus dem Regal geholt und die ganzen Fremdwörter nachgeschlagen, na ja zumindest ein bisschen.

Den Tee gab es wie immer aus meinen selbst getöpferten Bechern und ich war so stolz, eine so intelligente Frau wie Wiebke zu kennen, die solche Fremdworte beherrschte. Nun wollte aber auch ich nicht dumm dastehen und endlich kam meine Chance. Beim Wort Lockdown war sich Wiebke nicht so ganz sicher und jetzt konnte ich endlich einmal mit meinen Englischkenntnissen trumpfen. Also down bedeutet runter oder ab sagte ich und Lock ist eine Kurzform von Locken. Wiebke war noch mit ihrem Tee beschäftigt, da hatte ich auch schon eine Schere in der Hand und schnitt eine ihrer langen Locken ganz dicht am Kopf ab. Das muss jetzt so sein, erklärte ich ihr; denn die Haare waren ja schließlich auch der Grund, dass die Friseure schließen mussten. Ohne langes Zögern kürzte ich ihr Haar komplett.

Nun war Wiebke schon mal sicher vor dem
Virus.

Was man nicht alles für seine Liebste tut.
Wiebke fragte mich dann noch nach meiner
Spezialmaske, die wohl nicht
nur das Virus abhält, sondern auch gleich die
Leute auf den nötigen Abstand hält. So
etwas wäre doch genau das, was alle jetzt
brauchten, meinte sie. Ich sollte einfach
getragene Socken verkaufen, damit würde
ich der Menschheit einen großen Gefallen
tun. Die Geschäftsidee war geboren, meine
Bestimmung gefunden. Der Abend endete
harmonisch und nach dem dritten Tee
verabschiedete sich Wiebke und sagte, sie
freue sich schon auf den nächsten Besuch.
Noch später am Abend klingelte das Telefon,
es war Wiebke, stocksauer auf mich. Sie
sagte, das mit dem Lockdown würde was
ganz anderes bedeuten und sie würde mich
umbringen, weil ich ihr die Haare geschnitten
hätte. Ich antwortete noch so etwas, wie
Undank ist der Welt Lohn, aber da hatte sie
schon aufgelegt. Seitdem stricke ich nun

Socken, trage sie ein paar Tage und stelle sie als Virenkiller zum Verkauf. Dieser läuft noch nicht so ganz rund, aber ich bin mir sicher, ich werde vor Wiebke als Held stehen, wenn die Leute erstmal, merken was meine Socken so alles töten können.

Sören als Influencer

Ich bin immer noch in meiner Findungsphase. Aber neulich ist mir ganz etwas Verrücktes passiert. Da habe ich doch glatt einen Brief von der Agentur für Arbeit erhalten. Darin taten die mir kund, sie hätten einen ganz tollen Job für mich und nannten mir auch gleich einen Termin für ein Gespräch.

Voller Elan, so wie ihr mich kennt, machte ich mich also auf den Weg zum Amt.

Nach einer kurzen Wartezeit in einem endlos langen Flur erschien dann auch eine gut gekleidete Dame mittleren Alters und bat mich in einen Raum. Toll dachte ich, die haben also gleich ein Büro für mich. Zügig schritt ich an der Dame vorbei und nahm dann gleich auf meinem neuen Bürostuhl vor meinem PC Platz.

Sie sind wohl größenwahnsinnig, ertönte sogleich eine keifende Stimme. Wer hätte gedacht, dass so eine gut gekleidete Dame so pampig werden kann. „Aber sie haben mich doch angeschrieben und gesagt, sie hätten hier einen tollen Job für mich", antwortete ich sofort. Da hätte ich wohl etwas missverstanden keifte die Schnepfe und forderte mich auf, mich auf den Besucherstuhl zu setzen. Bei dem Job handele es sich um eine Arbeit in einem Lager.

Nun wird es aber komisch, dachte ich mir. Lager, so etwas habe ich doch schon mal in den Geschichtsbüchern gelesen. Hätte gar nicht gedacht, dass es so etwas noch gibt. Frechheit, nur weil ich mich noch in einer Findungsphase, zwar seit 16 Jahren, befinde, muss man mich doch nicht gleich in ein Lager schicken.

„Dahin werde ich auf gar keinen Fall gehen", antwortete ich der Schnepfe, „sie alte Nazi Sau". Das könnte ihnen so passen, die letzten Freigeister einfach in ein Lager stecken und dort verrotten lassen oder gar umbringen.

„Was ich mir herausnehmen würde", keifte die Schnepfe nun wieder. Ich hätte wohl keine Lust zu arbeiten und wollte der Allgemeinheit nur faul auf der Tasche liegen. Faul, ich und faul, das ging nun wirklich zu weit. Ich erzählte ihr erstmal von meinen vielen selbstgestrickten Pullovern, meinen Batikkursen, meinen Anstrengungen Wiebke für mich zu gewinnen und als Highlight erzählte ich von meinen Fähigkeiten als Regisseur eines ganz besonderen Grippenspiels.

Jetzt war der Drache aber sprachlos, sie schnappte förmlich nach Luft und ich hatte etwas Bedenken, dass gleich ein Feuerstrahl aus ihrem Rachen kommt. Fast so war es dann auch, als sie wieder normal atmen konnte. „Raus jetzt, sie hoffnungsloser Fall, dies wird ein Nachspiel für sie haben". „Wenn sie keine Lust zum arbeiten haben, dann werden sie doch Influencer", warf sie mir noch hinterher. Durch den langen Flur hallten noch Worte wie: faules Pack, Zecken und Ähnliches.

Gleich darauf bin ich dann zu Wiebke in den Bioladen gefahren und habe ihr davon erzählt, dass die Menschen vom Arbeitsamt mich in ein Lager stecken wollten. Wiebke war außer sich vor Wut und meinte nur: „typisch Beamte, alles Faschisten".

Dann fragte ich Wiebke, was der Drachen mit Influencer gemeint hätte. Wiebke erzählte mir dann, dass es etwas total Tolles wäre, völlig hipp. Man müsste kaum etwas tun und würde viel Geld dafür bekommen. Sie sprach dann so komische Worte wie Follower, Likes usw..

Damit konnte ich erstmal gar nichts anfangen. Wiebke merkte, dass ich ziemlich auf dem Schlauch stand und erklärte mir dann. Follower sind Leute, die mir folgen würden. „Ah", sagte ich, „so wie die Bullen also, wenn ich mal wieder was Komisches gemacht habe". „Nein" konterte Wiebke, „das sind Leute die dir freiwillig folgen, weil sie dich oder das was du machst toll finden". „Also wie die Jünger bei Jesus", fügte ich ein.

Konnte ich mir jetzt nicht vorstellen, dass es solche Leute gibt, aber man lernt ja nie aus. Wiebke hatte jetzt nicht soviel Zeit, da schon wieder Kunden im Laden waren und sie diese bedienen musste. Sie wollte aber heute Abend bei mir vorbeikommen und dann mit mir mal ausführlich darüber sprechen und mich natürlich dabei unterstützen.

Ich konnte es kaum erwarten und fuhr auf meinem alten Fahrrad schnell nach Hause. Die Stunden zogen sich wie mein altes Schlüpfergummi. Aber dann endlich klopfte es an der Tür und meine Traumfrau Wiebke stand vor mir. Sie hatte ein Laptop mitgebracht und eine Digitalkamera. „Dies, ist nun dein Werkzeug", sagte sie und drückte mir diese imperialistischen Gegenstände in die Hand. Dann erzählte sie noch etwas von einer kurzen Einführung. Ich sagte: „klein Moment Wiebke, ich muss mich nur noch etwas frisch machen". „So meinte ich das nicht mit der Einführung", waren Wiebkes Worte.

Dann schaltete sie das Gerät ein und den ganzen Abend zeigte sie mir die verschiedensten Programme und Dienste. Auch wie ich mit der Digicam, ihr bemerkt jetzt sicher schon meine fortgeschrittene Ausdrucksweise, Bilder oder besser Pics machen kann. Der Oberhammer aber war, dass sie sagte, sie hätte auch Lust dazu und wir könnten das ja als gemeinsames Projekt starten.

Hier könnte ich auch meine guten Kenntnisse aus meinem Studium (spanische Geschichte) mit einbringen. Ok, ich hätte ihr vielleicht sagen sollen, dass ich nur ein paar Mal dort war und eigentlich die meiste Zeit nur mit den Leuten dort Sangria bis zum Erbrechen getrunken habe.

Auch hatte sie sofort einen tollen Namen zur Hand: WiSö! Die Abkürzung aus Wiebke und Sören. Ich war völlig hingerissen. Wiebke und ich, ein gemeinsames Projekt. Wie wunderschön dieser Tag doch enden sollte, nachdem er so doof begonnen hatte.

Sören und der 42. Geburtstag

Heute ist ein ganz besonderer Tag, meine Nachbarin hat Geburtstag. Sie heißt Simone und wird heute 42 Jahre alt. Eigentlich ist sie ja nicht so ganz meine Kragenweite, aber ich habe sie bei einer meiner Festnahmen kennengelernt. Wenn ich mich recht erinnere, war es bei der Silvester-Befreiung von Wiebke. Aber da möchte ich jetzt nicht mehr so drauf eingehen, war ja nicht so erfolgreich.

Aber Simone war eine der wenigen, die mich zumindest etwas verstanden hat. Außerdem und das ist auch der Grund, warum ich sie heute besuchen werde, ist sie so ziemlich vegetarisch. Mit Fleischfressern möchte ich ja nichts zu tun haben. Klar gibt es auch ein paar Sachen, die ich bei ihr nicht so verstehe, aber dazu später mehr.

Jetzt erstmal rein in die Wohlfühlklamotten, die Birkenstock an und dann geht es los. Übrigens habe ich auf meinen selbstgestrickten Pullover, neben den Delphin, noch groß die Zahl 42 gestickt. 42, was für ein Alter, ob ich das jemals erreiche? Zusätzlich habe ich noch meine Haare hinten zusammengebunden, damit sie bloß nicht über die 42 fallen und nachher noch jemand eine falsche Zahl daraus ließt. Ach ja und natürlich, damit ich sie nicht waschen muss. Zuviel Chemie ist ja auch nicht gut für den Körper.

Nun aber los, sonst komme ich noch zu spät. Als ich am Haus vorbeikomme, kann ich schon einige Gäste erkennen. Ich bin zwar nicht eingeladen, doch bestimmt werden sich alle, über meine Erscheinung freuen. Apropos Haus, so etwas finde ich ja ziemlich spießig, aber heute will ich mal nicht so sein. Aus dem Garten (vom anderen Nachbarn) habe ich noch 2 Blumenzwiebeln mitgenommen, da wird sie sich bestimmt freuen.

Ich klingel und schon kommt mir das Geburtstagskind entgegen. Sportlich gekleidet wie immer. Sport ist ja auch nicht so meins, finde ich ungerecht, da man durch die vermehrte Bewegung ja unnötig Kalorien verbraucht und dann wieder mehr essen muss. Das bedeutet immer den Tod von einigen Pflanzen. Ich kann förmlich ihr wimmern hören, wenn sie um ihre Kerne oder gar um ihr ganzes Leben beraubt werden. Mit diesem leicht traurigen Gedanken begrüßt Simone mich nun und irgendwie habe ich den Eindruck, sie tut sich schwer, mich hereinzubitten.

Aber da bin ich ja ganz unkompliziert, drücke ihr die Blumenzwiebeln in die Hand und schreite mutig voran direkt in die Geburtstagsgesellschaft. „Wer ist das denn, was ist denn das für einer, wo hast du den denn ausgegraben", höre ich schon die ersten erfreuten Aussagen zu meinem Erscheinen.

Ein paar ältere Leute, die hat sie bestimmt kommen lassen, damit sie mit ihren jetzt 42 Jahren noch jünger wirkt, sitzen in der Runde und versuchen sich kultiviert zu benehmen.

Ich setze mich direkt zwischen 2 ältere Damen und strecke mich erstmal. Die eine rümpft etwas die Nase, ok, den Pullover trage ich nun schon etwas länger und die Idee, am Eingang die Schuhe auszuziehen war vielleicht auch nicht so gut. Da jetzt alle plötzlich schweigen, beginne ich einfach ein bisschen von mir zu erzählen. Was ich so mit meinen Freunden im Häkelkurs mache, wie wir dann immer gemeinsam ein Tütchen rauchen und Matetee trinken.

Alle hören mir offenbar aufmerksam zu; denn niemand spricht mehr ein Wort. Erst als mich meine selbstrückfettende Schafwollunterwäsche juckt, ich mir mit der Hand in die Hose fahre und mich kratze, entlockt dies einer der älteren Damen ein „Iiihhh, wie eklig". Dabei finde ich das jetzt ganz natürlich.

Angeboten hat man mir noch nichts, aber ich habe noch ein paar Sonnenblumenkerne in der Hosentasche und dann esse ich eben die. Simone fragt mich plötzlich, ob ich denn überhaupt soviel Zeit hätte, heute hier zu sein. Ich erkläre ihr, dass ich extra für sie meinen Töpferkurs am Abend abgesagt habe und so sehr lange bleiben kann. So richtig scheint sie sich darüber aber nicht zu freuen. Ob ich mich denn hier wohl fühlen würde, fragt sie noch. Ich erkläre ihr, dass ich zwar die Leute ein bisschen spießig finde, aber vielleicht, wenn wir alle zusammen was schönes Rauchen, es etwas Entspannter würde. Jetzt versucht doch tatsächlich eines der Kinder, etwas auf dem Klavier vorzuspielen. Ich schnappe mir sofort den Sektkühler und einen Blumentopf, drehe sie um und begleite das Kunstwerk mit einem Trommelwirbel. Das habe ich bei einem Volkshochschulkurs gelernt. Das waren noch Zeiten, er hieß 14 Tage trommeln mit Frank in der Toskana. Ich sage euch, wir haben getrommelt. Hier sind aber offensichtlich nur Kulturbanausen, die „aufhören, das ist ja grauenvoll", rufen. Keinen Kunstverstand eben, was soll man auch erwarten.

Die beiden Damen sind wieder zusammengerückt und versuchen, krampfhaft mir den Platz zu verwehren. Ich setzte mich also gezwungenerweise auf den Tisch, direkt neben einen Kuchen mit ganz vielen Kerzen. Als ob wir schon Advent hätten.

Wie ich Simone kenne, hat sie extra das gute Kokosöl verwendet. Na ja, sie ist der Meinung, das wäre etwas Besonderes. Dabei benutzt sie aber nur das ganz normale Menschen mit dem durchschnittlichen Intellekt, nicht wie ich, das raffinierte. Man hört ja schon am Namen, dass es etwas für pfiffige Leute ist. Nur weil mein Pullover jetzt etwas in der Deko des Kuchens hängt, werde ich schon wieder angemault. „Wer will das denn jetzt noch essen", keift eine Stimme aus dem Hintergrund. So langsam bekomme ich das Gefühl, ich bin hier nicht gewollt, aber so schnell gebe ich nicht auf. Ich streiche mit meinen Fingern die Sahne wieder von meinem Pullover und schiebe sie zurück auf den Kuchen, damit sollte es ja nun gut sein, finde ich jedenfalls. Meine Finger waren ja durch den Kontakt mit der Schafwollunter-wäsche schließlich abgewischt.

„Das wird ja immer schlimmer", tut sich nun eine der Damen hervor. Ich frage sie, ob sie ihre Tage hat, Wiebke ist dann ja auch immer etwas ungehalten. Irgendwas muss nun falsch gelaufen sein, Simone bittet mich, doch nun zu gehen, ich sollte lieber ein anderes Mal wiederkommen, vielleicht an ihrem 100.sten Geburtstag, meint sie noch.

„Während ich noch darüber diskutieren will, ob mein Pullover solange hält, dass ich dann wieder eine Zahl aufsticken kann, werde ich heraus komplementiert. Ich finde das Alles ein bisschen ungerecht, aber es ist ja ihr Geburtstag, dann soll sie den mal schön alleine feiern, Ich werde dann doch noch zum Töpferkurs gehen und den Abend mit meinen Freunden verbringen.

Der Katzenwanderrucksack

Gestern Abend, es war schon fast Zeit zu Bett zu gehen, da klingelt es plötzlich an der Wohnungstür. Ihr werdet nicht glauben, wer dort war, Wiebke mit einer Freundin. Ich war erstmal so verwirrt vor Freude, dass ich ohne sprechen zu können, im Eingang stehen blieb. Wiebke fragte dann, ob sie nicht reinkommen dürften.

Wieder etwas zu mir gekommen und fast schon in meiner Mitte angelangt, bat ich die beiden in meine Wohnung. Wiebkes Freundin, Nadine hat sie sie genannt, war wohl etwas pikiert über den Zustand meines Zuhauses. Bevor sie reinkam, hat sie erstmal die Schuhe ausgezogen, bestimmt wollte sie die nicht schmutzig machen.

Immer wieder rümpfte sie die Nase und schaute mit einem leichten Gesicht des angeekelt seins, in alle Ecken. Ich konnte ja nicht wissen, dass heute noch Damenbesuch kommt, sonst hätte ich bestimmt aufgeräumt und auch mehr an als nur meine Schafwollunterwäsche an. Aber ich will mich ja auch wohlfühlen, das ist mir ganz wichtig.

Nachdem ich ein paar Kleidungsstücke, sowie Socken und schon etwas ältere Unterhosen vom Sofa geräumt hatte, bat ich den beiden einen Platz an. Nadine fragte, ob ich nicht eine Zeitung hätte. Ich weiß zwar nicht, warum sie jetzt ausgerechnet lesen will, aber ich habe da noch einen großen Stapel mit Werbezeitungen.

Ob es denn eine bestimmte Ausgabe sein solle, frage ich sie, aber sie sagt nur: „Das ist völlig egal, ich will sie mir nur unterlegen". Sie scheint sehr rücksichtsvoll zu sein, erst die Schuhe ausziehen und nun hat sie wohl Angst, mein Sofa zu beschmutzen, na ja, vielleicht ist sie inkontinent oder so. Ich frage da mal lieber nicht nach, will sie ja nicht in eine unangenehme Situation bringen.

Als auch ich endlich einen Platz gefunden habe, kommt Wiebke auch gleich zum Punkt ihres Besuches. Ihre Freundin Nadine, so sagt sie, hätte einen Kater. Da hake ich sofort ein, so etwas kenne ich nur zu gut, wenn ich mit Ulfi mal wieder zu viel von dem guten Landwein aus dem Tetrapack getrunken habe. „Nein, so einen Kater meine ich nicht", wirft Wiebke empört ein. „Was ich meine ist ein richtiges Haustier, eine Rassekater".

Jetzt bin ich aber etwas verstört, kann mir gar nicht vorstellen, dass Wiebke mit jemanden befreundet ist, der ein Tier gefangen hält und dieses dafür ausnutzt, seine eigenen Gefühle auf das arme, unschuldige Tier zu übertragen. Doch bevor ich mit meiner Belehrung dazu beginnen kann, ist es Nadine, die nun spricht: „Ich möchte gern mit meinem Kater Wanderungen unternehmen, im Harz und im Deister, damit das Tier auch etwas von der Welt sieht und es mich immer begleiten kann.

Das stimmt mich jetzt ein bisschen friedlicher und als sie dann noch sagt, dass sie eine kompetente Person sucht, die ihr bei Kauf eines Wanderrucksackes für den Kater, möglichst in einem ökologischen Geschäft, behilflich sein kann, lockt es mir sogar ein Lächeln hervor. Wenn ich jetzt noch wüsste, was denn kompetent ist, dann wäre ich bestimmt ganz locker. Mein Kopf glüht vom Überlegen, kompetent, was kann das nur sein. Ich hoffe nur, das hat nicht etwas mit ihrer Inkontinenz zu tun und sie sucht einen Komplizen dafür. Oder vielleicht ist ja sogar der Kater inkontinent, ich weiß es nicht so recht, ich lasse mich einfach mal überraschen.

Wiebke erkennt meine Überlegungen und fasst es dann so zusammen: „Nadine sucht einfach jemanden, der sich gut mit ökologischen Materialien auskennt und ihr beim Kauf des Wanderrucksackes behilflich ist". Warum drückt Nadine sich nur so kompliziert aus, vielleicht will sie ein bisschen angeben, wahrscheinlich hat sie in der Schule einen Leistungskurs für Deutsch besucht und lässt das jetzt etwas raushängen. Aber gut, ich will nicht so sein, ich verspreche den beiden beim Einkauf gern dabei zu sein. Wiebke erklärt noch, sie hätte das selbst gern getan, aber ihr Job lasse ihr momentan keine Freiräume dafür und da Nadine schon morgen den Einkauf tätigen möchte, wäre es toll, wenn ich sie begleiten würde.

Während ich noch über die fehlenden Freiräume in Wiebkes Arbeitsleben nachdenke,
schlägt Nadine dann vor: „Morgen um 10
Uhr, wir treffen uns am Bahnhof". Das ist ja
nun nicht so ganz meine Zeit, aber allein um
Wiebke einen Gefallen zu tun, willige ich ein.
Die beiden sind dann schnell wieder ver-
schwunden und lassen mich mit meinen
vielen Gedanken bezüglich eines Wanderrucksackes für einen Kater allein.

Ich kann gar nicht einschlafen, selbst das
dritte Tütchen und der zweite Tetrapack
Landwein haben mich immer noch nicht
genug entspannt. Einfach zu viele Sachen,
die mir durch den Kopf gehen. Wie muss so
ein Rucksack denn beschaffen sein, gerade
in den Bergen, wo es ständig bergauf oder
bergab geht, muss doch gewährleistet sein,
dass dem Tier nicht schlecht wird. Es müsste
sozusagen einen Ebenenausgleich für den
Kater geben.

Zusätzlich wäre ein Fenster nicht schlecht,
sonst weiß der Kater ja gar nicht, wo er so
ist. Ach ja, Luft braucht er ja auch und vielleicht noch ein paar extra Taschen für Spiel-

zeug und Futter. Das wird bestimmt eine ganz große Herausforderung am kommenden Tag.

Am nächsten Morgen, jetzt habe ich selbst noch einen kleinen Kater, was aber bestimmt eine gute Voraussetzung für so einen Kauf ist, ziehe ich los zum Bahnhof. Nadine scheint schon auf mich zu warten, dabei ist es doch gerade mal halb elf. „Wiebke hatte mir schon gesagt, dass du meist ein bisschen später kommst", begrüßt mich Nadine. Ich weiß zwar nicht, warum Wiebke die intimsten Dinge über mich ausplaudert, aber ich will da jetzt auch nicht näher drauf eingehen.

Wie wir dann so zum ersten Geschäft meiner Wahl gehen, erzählt Nadine mir noch von ihren geplanten Wanderungen mit dem Kater und wie sehr sie sich darauf freut, das Tier die Berge hoch zu schleppen, damit es auch mal etwas Höhenluft bekommt. Ich will ihr gerade erklären, wie toll ich das finde und das ich bei meinen Wanderungen die Milben in meiner Schafwollunterwäsche auch immer mitnehme, da sind wir leider schon da und ich muss mir das für später aufsparen oder als Erklärung gegenüber dem Verkäufer wählen.

Eine junge Frau ist es, die als Verkäuferin fungiert. Sie fragt, was wir denn so wünschen und zeigt uns ein künstliches Lächeln. Nadine äußert sofort ihre Vorstellungen und, die junge Frau bittet uns, doch mitzukommen. Wir folgen ihr also zu einem riesigen Regal mit den verschiedensten Rucksäcken. Sie erklärt die Vor- und Nachteile der jeweiligen Modelle und geht sogar auf meine Fragen bezüglich Zusatztaschen für Spielzeug und Futter ein. Dann sagt sie, es gäbe bei diesem Modell sogar eine etwas größere Tasche, da könnte man eine Plastikdose mit Fleisch reinpacken.

Ich zucke vor Schreck zusammen, Plastikdose und Fleisch, will sie das Tier denn umbringen, ist ihr denn gar nichts heilig. Sofort werfe ich ein lautes Stopp ein und erkläre ihr erstmal die Nachteile über ihren verwerflichen Gedanken in Bezug auf Plastik und Fleisch. „Katzen sind aber Fleischfresser", keift sie zurück, das könnte eine Müsliheini wie ich aber wohl nicht verstehen. Jetzt reicht es mir aber, ich bitte sofort darum den Chef des Hauses zu sprechen.

Ein älterer Herr mit Halbglatze wird gerufen und die Verkäuferin versucht, ihm zu erklären, dass es wohl einen kleinen Disput bezüglich der Ernährung von Katzen gäbe. Der Herr probiert, beruhigend auf mich ein-zuwirken und entschuldigt sich für die ver-bale Entgleisung seiner Angestellten. Ich denke und hoffe, er entlässt die Schnepfe augenblicklich. Das weitere Gespräch will er dann selbst mit uns führen, gibt er zu ver-stehen.

Wie schwer denn der Kater wäre, fragt er ganz freundlich. Ich antworte sofort mit: „Ziemlich heftig, 2 große Tetrapacks Land-wein und ein paar Tütchen machen schon einen ziemlichen Schädel". Jetzt scheint er verwirrt und fragt noch einmal, was das Tier denn wiegen würde. Nadine erzählt etwas von gut 4 KG. Der Obermacker sucht im Regal nach einem passenden Rucksack und benennt wie schon seine Untertanin, die Vor-

und Nachteile. Das Wort Tasche für Fleisch, allerdings klammert er wohlwissentlich aus.

Er versucht, sich wohl ein bisschen einzuschleimen, um doch noch ins Geschäft zu kommen. So erkundigt er sich nach dem Aussehen und dem Wohlbefinden des Tieres. Aber mitten im Gespräch dann, kann er doch seinen niederen Trieben nicht entfliehen. Er schaut Nadine an und fragt: „Haben sie denn eher einen strammen, flüssigen oder gleitenden Schritt".

Ich glaube, ich höre nicht richtig, so eine Anzüglichkeit. Ohne jegliche Vorwarnung knalle ich ihm eine und schreie noch Worte wie perverse Sau, Frauenhasser und Katzenschänder. Nadine schaut mich etwas verwundert an und ist der Meinung, wir sollten nun besser gehen und vielleicht wäre es auch in Ordnung, wenn sie das nächste Mal alleine ihren Einkauf tätigen würde.

Wie undankbar denke ich noch, da greift mich aber auch schon der Hausdetektiv und bringt mich in einen Hinterraum. „Du bist also der Gehilfe des imperialistischen Perversen", beschimpfe ich ihn noch. Es endet, wie es so oft schon geendet ist, in den Fängen der Staatsmacht. Zwar versuche ich denen noch die Anzüglichkeiten des Verkaufschefs zu erklären, doch einige der Uniformierten kennen mich schon und wollen von all dem nichts hören.

Wie ich später von Wiebke erfuhr, war Nadine nicht wirklich erfreut über die Hilfe und das, wo ich sie doch so gegen den Ekeltyp verteidigt habe. Undank ist der Welt Lohn.

Sören beim Frauenarzt

Neulich Abend habe ich mal wieder mit Ulfi getagt. Es ist doch immer schön und hilfreich, wenn man gute Freunde hat. Zuerst habe ich uns einen lieblichen Holundertee zubereitet und dabei haben wir das eine oder andere Tütchen geraucht. Wir sprachen über Gott und die Welt und es war mal wieder toll, wie Marihuana doch die Sinne erweitert. Irgendwann kamen wir auf das Thema Frauen zu sprechen. Bevor Ulfi, der alte Frauenversteher, aber groß ausholen konnte, stiegen wir noch auf einen etwas herberen Landwein um. Den guten aus dem Tetrapack.

Ulfi konnte nicht umhin, mich zu fragen, wie es denn momentan mit Wiebke laufen würde. Ich wollte nicht so richtig darauf eingehen, aber er ließ einfach nicht locker. 2 Tetrapacks und 3 Tütchen später war ich dann auch bereit zu erzählen, dass im Moment mal wieder Sendepause mit Wiebke ist. Ich erklärte ihm, dass Frauen nur Probleme machen, mir zumindest. Immer wenn ich denke, es läuft gerade etwas, dann kommt mir irgendwas dazwischen und es ist wieder Schluss. Ulfi meinte, ich müsste damit mal zu einem Fachmann gehen, vielleicht einen Psychologen. Da habe ich aber protestiert, solche habe ich schon kennengelernt, die konnten mir bisher auch nicht helfen. Einen weiteren Tetrapack Landwein später kam dann Ulfi die Idee schlechthin. Er lallte zwar schon etwas, aber es kam doch deutlich aus ihm hervor, ich sollte es dann vielleicht einmal bei einem Frauenarzt versuchen. Schließlich würde man ja mit Problemen bei Hals, Nase oder Ohren auch zum Hals-Nasen-Ohrenarzt gehen. Folglich käme bei Problemen mit Frauen schließlich nur ein Frauenarzt in Betracht.

Ehrlich gesagt, ich wusste gar nicht, dass es so etwas gibt. Aber das war ja mal eine richtig tolle Idee. Er hat dann auch gleich in seinen Smartphone verschiedene Adressen gegoogelt und bei einem konnten wir sogar online einen Termin ausmachen. Da freue ich mich schon drauf, mich endlich mal von einem Fachmann beraten lassen.

Heute ist es endlich soweit, schon um 10 Uhr ist mein Termin. Eigentlich nicht so ganz meine Uhrzeit, aber was tut man nicht alles für die Liebe. Also rauf auf das Fahrrad und nichts wie hin. Ich öffne die Praxistür und schon stehe ich vor einer jungen Frau an der Anmeldung. So wie die aussieht, scheint der Frauenarzt ja einiges von seinem Fachgebiet zu verstehen. Ich sage, dass ich einen Termin hätte, worauf mich die junge Frau etwas ungläubig anschaut und nochmal nachfragt, ob ich denn glaube, ich wäre hier richtig. Ich sage ihr, wenn ihr Chef Frauenarzt ist, dann bin ich hier mehr als nur richtig. Sie nickt etwas verhalten und bittet mich dann, im Wartezimmer Platz zu nehmen.

Jetzt bin ich aber auch etwas irritiert, nur Frauen hier, das wundert mich doch schon sehr. Vielleicht sind es alles Lesben, bei solchen Beziehungen soll es ja recht schwierig sein und da kann ich mir schon vorstellen, dass auch die Frauenprobleme haben. Zumal einige von ihnen einen ganz schön dicken Bauch haben, kein Wunder,

Frauen mögen halt keine Bierbäuche. Eine nach der anderen wird aufgerufen und endlich bin auch ich dran. Eine weitere Sprechstundenhilfe bittet mich in einen komischen Raum. Als zentrales Objekt ist dort ein ganz komischer Stuhl zu erkennen, ähnlich wie beim Zahnarzt, aber mit Halterungen für die Beine.

Ich stehe etwas hilflos davor, dann meint das Karbolmäuschen, ich sollte mich doch schon mal untenrum freimachen und auf dem Stuhl ganz entspannt Platz nehmen. Ich kann mir jetzt nicht wirklich vorstellen, wozu diese diskriminierende Haltung hilfreich sein soll, aber gut, sie wird es wissen und er ist der Fachmann. Vor allem, hätte ich das gewusst, hätte ich mich vorher ja auch noch gewaschen. Meine selbstrückfettende Schafwollunterhose lasse ich aber sicherheitshalber noch an, so ganz entblößt möchte ich dem Doktor ja auch nicht gegenübersitzen.

Nun ist es so weit, ein kleiner, rundlicher Herr mit Stirnglatze und Nickelbrille betritt den Raum. Er scheint etwas verwirrt, guckt seine

Helferin an und sagt dann etwas wie, sind sie sicher, dass sie zu mir wollen. Ich wiederhole mich zwar ungern, aber dann mache ich darauf aufmerksam, dass er ja schließlich Frauenarzt wäre und meine Probleme nun mal mit Frauen zu tun haben. Er guckt mich von oben bis unten an und meint dann nur, na ja, wenn ich sie so anschaue, kann ich das zum Teil verstehen.

Jetzt wird mir das aber zu bunt, dieser kleine Gnom, sieht selbst eher aus wie ein Kinderschänder, als ein Doktor und will mir gleich einen erzählen. Er rümpft etwas die Nase und zeigt dann auf meine Schafwollunterhose und sagt, das wäre vielleicht mein Problem. Meint er das nun, weil ich die Hose nicht ausgezogen habe, hält er mich für zu spießig oder gar verklemmt? Dem kann ich aber abhelfen, schneller als er gucken kann, ist die Unterhose weg und ich liege nun vor ihm, wie Gott mich schuf. Er rümpft noch mehr die Nase und meint nur, er hätte gehofft, dass der Geruch von der tierischen Unterbekleidung gekommen wäre, aber das hier würde ja dem Fass den Boden ausschlagen. Jetzt finde ich, übertreibt er etwas. Klar hatte mir auch Merle schon beim „Kerzenziehen" gesagt, dass ich recht gut bestückt wäre, aber dass es gleich dem Fass den Boden ausschlägt, das halte ich nun doch für überzogen. Ziehen sie sich bloß schnell wieder an, das ist ja nicht zu ertragen, keift er mich nun an. Wahrscheinlich ist er neidisch und um ihn noch etwas zu provozieren, lasse ich verführerisch die Hüften kreisen.

Schwester Hildegard, schauen sie das bloß nicht hin, keift er weiter. Sie ziehen sich jetzt sofort an und dann raus hier mit ihnen, sie verseuchen mir ja die ganze Praxis. Ich rufe noch ein paar Worte wie Diskriminierung, Kinderschänder und Möchtegern Frauenarzt in den Raum. Dann bittet mich, Schwester Hildegard, doch schnell die Praxis zu verlassen und versucht mir noch zu erklären, ich wäre falsch hier.

Auf dem Weg nach draußen renne ich noch kurz in das Wartezimmer und versuche, die dort Wartenden vor dem Unhold zu schützen. Der will nur, dass ihr euch auszieht, der hat überhaupt keine Ahnung, das ist bestimmt ein Perverser. Rettet euch, geht, solange ihr noch könnt. Die Frauen schauen unglaubwürdig und tun so, als würden sie mich nicht verstehen.

Traurig verlasse ich die Praxis und mache mich sofort auf den Weg zu Ulfi. Dem erzähle ich erstmal von dem ungeheuerlichen Auftritt dieses Gnoms und darüber, dass die alle meinten, ich wäre dort nicht richtig gewesen. Ulfi lacht plötzlich laut los und meint, er hätte mich ein bisschen hereingelegt. Das nehme ich ihm jetzt aber richtig übel und erstmal ist Funkstille zwischen uns. Das wo ich geglaubt hatte, Freunde sind immer für einen da und vor allem bei dem vielen Landwein, wo bekannterweise im Wein doch die Wahrheit liegt. Ulfi brüllt immer noch Lachen und ruft mir beim Rausgehen noch hinterher, überleg doch mal, wofür der Podologe da ist. Ich aber will nichts mehr von all dem Hören und ziehe mich zurück.

Das gemeinsame Osterfest

Als ich vor kurzem meinen Briefkasten geleert habe, kommt bei mir nicht so oft vor, da entdecke ich doch eine handgemalte Karte von Wiebke darin. Sofort war sämtliche andere Post vergessen. Eine Karte, von Wiebke, selbst bemalt, das musste doch schon ganz was Besonderes bedeuten. Voller Vorfreude renne ich in meine Wohnung, nehme auf dem Sofa Platz und beginne zu lesen. Schon der erste Satz, „Hallo lieber Sören", ließt sich wie ein Liebesgedicht. Dann aber kommen die entscheidenden Worte, „ich habe mir gedacht, du könntest mich doch mal zu Ostern besuchen und wir könnten am Ostersonntag gemeinsam bei mir Essen". Wow, denke ich nur, eine Einladung zu Wiebke, ich bin völlig aus dem Häuschen.

Ostern, das ist ja gar nicht mehr lange hin und ich muss es diesmal Alles richtig machen. Diesmal muss es gelingen, ich werde aufmerksam sein, auf jede Kleinigkeit achten und mir richtig Mühe geben. Obwohl ich ja erst kürzlich mit Ulfi ein bisschen steil gestanden habe, werde ich den alten Frauenversteher um Rat fragen. Wehe ihm, diesmal veräppelt er mich wieder, dann ist aber für alle Zeit unsere Männerfreundschaft vorbei.

Ich treffe mich also mit Ulfi und ohne lange Vorwarnung zeige ich ihm die Karte von Wiebke. Er ist ebenfalls völlig von den Socken und meint, da hast du ja nochmal richtig Glück gehabt, ich hätte nicht geglaubt, dass Wiebke dich jemals wiedersehen will. Pass bloß auf, dass du diesmal dann keinen Mist baust. Mach mal nichts so, wie du es sonst immer getan hast und noch einen kleinen Tipp vorweg, dusche dich vorher und rasier dich mal wieder, du siehst ja inzwischen aus wie ein Waldschrat. Weiß er denn gar nicht, dass Wiebke mehr auf das Natürliche steht. Ich hake also ein, versuche, ihm das zu erklären, aber Ulfi lässt nicht locker und meint nur, Alter, du stinkst wie ein Bär, mach was dagegen. Außerdem rät er mir noch eine kleine Aufmerksamkeit, ein Geschenk oder so etwas, mitzubringen.

Vielleicht eine Flasche Prosecco, auf so was fahren Frauen doch ab und manche macht das auch ein bisschen williger. Ich schreibe mir sofort alles auf, bloß nichts vergessen, Ulfis Tipps hören sich irgendwie richtig an.

Morgen nun ist es soweit, morgen ist Ostersonntag. Ich war vorhin schon im Discounter und habe eine Flasche Prosecco gekauft. Nachher geht es dann in die Badewanne und ich werde einen richtigen Beautytag einlegen. Wäre doch gelacht, wenn ich aus dem alten Sören nicht noch einen richtig attraktiven Kerl hinbekomme. Aber der Höhepunkt wird sein, ich habe mir von Ulfi noch extra ein Oberhemd geliehen. Frisch gewaschen und sogar gebügelt. Na wenn das keinen Eindruck macht, was dann.

Gebadet rasiert und sogar die Fingernägel geschnitten, die hatten es wirklich nötig. Als ich jetzt in den Spiegel schaue, kenne ich mich selbst kaum wieder. Wie ich so nackt davor flaniere, denke ich noch so bei mir: „Sören, du wilder Hengst".

Heute Abend werde ich auch früh zu Bett gehen, damit ich morgen richtig fit bin. Den

Wecker, etwas, was ich ja sonst nie brauche, habe ich mir auf 8 Uhr gestellt. Eine verdammt frühe Zeit, aber für Wiebke würde ich sogar um halb acht aufstehen. Nun noch Zähne putzen, Haare kämmen und verdammt, irgendwo hatte ich doch noch ein Rasierwasser, was ich mal zur Konfirmation geschenkt bekommen habe. Ganz hinten in meinem seit Jahren geliebten Alibertschrank entdecke ich es dann. Eine schwarze Flasche, mit dem Aufdruck: „wilder Tiger". Das ist jetzt genau das, was ich brauche. Im Gesicht und na ja, auch an ein paar anderen Körperstellen verteile ich das edle Wässerchen und ich muss sagen, es hat schon etwas Animalisches, aber damit passt es ja auch zu mir.

Nun aber auf zu Wiebke, den Prosecco nicht vergessen und wie eine völlig neue Person, mache ich mich auf den Weg. Damit meine Frisur nicht durcheinandergerät, ich bloß nicht verschwitzt bin oder mir gar noch der Prosecco hinfällt, nehme ich nicht das Fahrrad, sondern gehe zu fuß. Ein bisschen aufgeregt bin ich ja schon als ich vor

Wiebkes Tür stehe. Nochmal überprüfe ich meine Haare, mein geliehenes Hemd und selbst die Hose. Dann wage ich das Abenteuer und drücke den Klingelknopf.

Wiebke ist schnell bei der Tür und mit einem Lächeln begrüßt sie mich. „Hallo äh Sören, schön das du gekommen bist", sagt sie und fügt dann noch hinzu: „fast hätte ich dich gar nicht wiedererkannt und wie du duftest, was ist mit dir geschehen"? Das ist der neue Sören, antworte ich und um ihr gleich meine Aufmerksamkeit zu zeigen, mache ich ihr noch ein Kompliment, wie gut ihre Frisur sitzt. Nervös betatscht sie nun ihre Haare und scheint ganz irritiert von mir. „Wir haben uns ja lange nicht gesehen, du hast dich richtig toll verändert", lässt sie gleich noch als weiteres Kompliment folgen.

Nun aber genug der Worte, sie bittet mich herein und als Erstes gibt es einen leckeren Anis-Fencheltee. Wir unterhalten uns über die vergangene Zeit, nur die Aktion mit dem Frauenarzt behalte ich für mich, sonst denkt sie noch, die Verwandlung käme daher und hätte nicht wirklich etwas mit mir zu tun. Aus der Küche bemerke ich schon einen leckeren Duft. Dann ist es endlich soweit, Wiebke trägt die Mahlzeit auf. Es beginnt mit einer bunten Karotten-Frühlingssuppe, mit einem Topping aus würzigem Erbsen-Minz-Pesto, knusprig gebratene Tofuwürfel runden den herrlichen Suppengenuss ab. Ich bin begeistert vom Beginn des Menüs. Dann folgen Buchweizen-Galettes mit Erbsen, Minze und Radieschen. Die zarten Buchweizen-Galetten sind glutenfrei und haben ein nussiges Aroma. Serviert mit einer Erbsen-Minz-Paste, knackigen Sprossen und scharfen Radieschen. Dazu noch ein köstlicher, vitalstoffreicher Oster Karottensmoothie. Als Krönung zum Nachtisch dann einen glutenfreien Quinoa Rüblikuchen. Der Osterklassiker schlechthin. Völlig gesättigt mit all diesen leckeren Köstlichkeiten lassen wir uns dann auf Wiebkes Couch nieder. Es dauert nicht lange, dann öffne ich den mitgebrachten Prosecco. Wiebke holt 2 Gläser und wir lassen uns das gute Discountergebräu schmecken. Nach dem 3. Gläschen wird

Wiebke etwas rollig, habe ich das Gefühl. Plötzlich rückt sie immer näher und sagt solche Sachen wie: „Ich glaube es ist Zeit für die Eiersuche". Bevor ich antworten kann, schmeißt sie mich auf den Rücken und sitzt rittlings auf mir. Nun reißt sie sich noch ihre Leinenbluse vom Leib. Ich bin völlig baff, doch dann fällt mir ein, ich wollte ja aufmerksam sein, also werfe ich einen Blick auf den Couchtisch und sage wie zufällig: „Deine Osterglocken lassen aber schon mächtig die Köpfe hängen".

Wiebke steigt mit hochrotem Kopf sofort von mir herunter, bestimmt will sie denen nur schnell Wasser geben, ach ja, sie ist immer so gut zu Pflanzen und Tieren. Aber irgendwas muss falsch gelaufen sein, sie zieht schnell ihre Bluse wieder über und schmeißt mich raus. Ich kann mir überhaupt nicht erklären, was sie jetzt wieder hat. Vielleicht hat sie wieder ihre Tage, dann ist sie ja immer etwas komisch. Als ich schon ein Stück von der Tür entfernt bin, höre ich noch die Worte: „Von so einem schwanzlosen Tiger muss ich mich nicht beleidigen lassen".

Traurig gehe ich nach Hause und rauche erst mal etwas, um mich ein bisschen abzulenken. War es etwa das falsche Rasierwasser, was ich benutzt habe. Ich weiß es nicht, der Tag begann doch so gut. Jetzt heißt es, erstmal wieder alleine sein.

Der Tag der Arbeit

Heute habe ich mal etwas ganz Aufregendes in meinem Kalender entdeckt. Den hatte ich im letzten Jahr von Wiebke geschenkt bekommen, ein Kalender aus dem Bioladen. Mit ganz tollen Bildern von verschiedenen Müslisorten und leckeren Tees. Dazu immer noch entsprechende Weisheiten aus der Szene und Bauernregeln für das Wetter.

Wie ich da so vorsorglich auf den Mai umblättere, fällt mir sofort ein Rote Beeren Müsli mit Leinsamencrunch ins Auge. Ein Hauch von Kokosflocken verleiht ihm einen exotischen Hauch, steht dort. Wow, das muss ich doch bald mal probieren.

Aber auch die Bauernregel für das Wetter finde ich toll, da steht: „Wenn es donnert im Mai, ist der April vorbei." Das hört sich doch sehr treffend an.

Aber das entscheidende auf dieser Seite des Kalenders ist der Tag der Arbeit. Ihr denkt jetzt sicher, damit habe ich ja nicht viel am Hut, aber weit gefehlt. Da hat doch endlich mal jemand mitgedacht und daraus einen

Feiertag gemacht. Wenn ich so darüber nachdenke, an einem Tag im Jahr, den Tag der Arbeit zu machen, was ja bedeutet, nur einen Tag im Jahr zu arbeiten, dann finde ich das schon sehr gut und noch besser ist, es ist ein Feiertag und somit frei. Hätte ich mir jetzt gar nicht so gut vorgestellt die Sache mit dem Arbeiten. Vielleicht sollte ich da doch noch einmal drüber nachdenken und mich dazu hinreißen lassen.

Noch ist ja ein paar Tage Zeit, ich blätter ja schon immer etwas früher um, damit ich bloß nichts verpasse. Ich werde nachher gleich mal in den Bioladen zu Wiebke gehen und fragen, ob sie mir eine Probepackung von dem tollen „Rote Beeren Müsli" geben kann. Bei der Gelegenheit kann ich mich dann auch gleich noch einmal für den anspruchsvollen Kalender bedanken. Ach, Wiebke ist einfach eine tolle Frau und ich freue mich schon darauf, sie zu sehen.

Am Bioladen ist heute richtig viel Betrieb, obwohl es noch sehr früh ist und um diese Zeit Wiebke meist alleine verkauft. Die Leute stehen bis draußen vor der Tür. Sicherlich haben sie wieder eine Sonderaktion, so wie das Müslilotto damals. Ich bin gespannt, was mich erwartet.

Stück für Stück nähere ich mich der Eingangstür, dann glaube ich nicht, was ich sehe, Wiebke scheint nackt zu sein. Ich rücke noch etwas dichter auf, dann kann ich es genau erkennen. Sie trägt nur vier FFP 2 Masken. Eine im Gesicht, 2 über ihrer Brust und 1 vor ihrem Schoss. Kein Wunder, dass so ein Betrieb herrscht. Was hat sie sich da denn bloß wieder einfallen lassen.

Endlich bin ich dran und stehe vor Wiebkes Verkaufstresen. Ich frage sie sogleich, was diese Maskierung mir sagen soll. Wiebke antwortet, alles wegen Corona. Der Chef hat angeordnet, dass nur noch mit FFP 2 Maske gearbeitet werden darf. Sie fand das ja auch komisch und hat dagegen protestiert, aber der Chef hat dann gleich was von Maskenverweigerer und Querdenker gesagt. Daraufhin habe sie sich heute halt die Masken angezogen, um keinen weiteren Ärger zu bekommen. Ich frage noch einmal nach, ob sie da nicht vielleicht etwas falsch verstanden hat, aber Wiebke ist sich ganz sicher und für das Geschäft scheint es ja auch zuträglich zu sein. Außerdem, so finde ich, steht ihr das ganz gut. Bis auf die Maske vor ihrem Schoß, das sieht ein bisschen so aus wie bei meinem Nachbarn, dem mit dem Vollbart, wenn er eine Maske im Gesicht trägt. Als ich Wiebke nett darauf hinweise, wird sie sofort zickig und brabbelt etwas von Natürlichkeit im Bioladen, Authentizität mit den Produkten usw.

Wo sie nun gerade bei den Produkten ist, fällt mir ein, was ich eigentlich hier wollte, und frage sie nach dem „Rote Beeren Müsli mit Leinsamencrunch". Wiebke erzählt mir ein paar Dinge dazu und reicht mir wie gewünscht eine kleine Probepackung. Ob sie denn sonst noch etwas für mich tun könnte, fragt sie noch. Ja sage ich, ich hätte gerne noch etwas ganz oben aus dem letzten Regal. „Was willst du denn mit einem handgefertigten Handfeger und einer selbst geklopften Schaufel, aus Metall von alten Autos, du machst doch nie sauber". Das finde ich jetzt aber ein bisschen hart von ihr, eigentlich geht es mir ja nur darum, sie auf der Leiter zu sehen, mit ihrer FFP 2 Maskenverkleidung, aber das sage ich ihr besser nicht. „Genau deswegen, ich finde du hast Recht und es wird einfach mal Zeit dafür", kommt meine spontane Antwort. Das findet Wiebke jetzt richtig toll und sogleich klettert sie auf die Leiter. Sie zeigt mir die verschiedenen Modelle und ich kann mich irgendwie gar nicht richtig entscheiden. „Du musst auch richtig hinschauen", sagt Wiebke nun, „nicht immer nur auf meinen Po". Ich komme leicht ins Stottern, woran auch immer das jetzt liegen mag, und entscheide mich letztendlich für eine grüne Schaufel mit hellgrünem Handfeger. Als Wiebke wieder vor mir steht, sagt sie noch: „Wenn du alles sauber hast, besuche ich dich vielleicht auch mal wieder". Na wenn das jetzt mal nicht ein gelungener Einkauf war. Frohen Mutes mache ich mich auf den Heimweg und nun habe ich auch die Möglichkeit am Tag der Arbeit etwas zu machen und dass, obwohl es ein Feiertag ist.

Samstags im Discounter

Oft geht es mir ja so, dass mein Geld nicht immer dafür reicht, im Bioladen einzukaufen. Dann ist es der Discounter um die Ecke, dem ich einen Besuch abstatte. Dort kaufe ich natürlich immer nur das Nötigste, ich will mich ja möglichst gesund und ökologisch ernähren. Man muss schon ein bisschen vernünftig sein bei der Auswahl der Produkte, die man so braucht.

Ich gehe dann gern am späten Samstagvormittag einkaufen, da sind immer so viele Menschen unterwegs und hin und wieder treffe ich dann auch jemanden, den ich kenne. Heute ist es wieder soweit, in der wöchentlichen Werbung war der gute französische Landwein (natürlich ganz umweltbewusst im Tetrapack) im Angebot. 3 zum Preis für 2 hieß es. Gut, mit 3 gebe ich mich ohnehin nie zufrieden, aber vielleicht gibt es ja sogar noch einen größeren Rabatt, wenn ich mehr kaufe.

Also, den Jutebeutel schnappen, meinen selbstgebastelten Anhänger an das

Damenrad anhängen und auf gehts zum Nahversorger. Warum sich das so nennt ist doch klar, dort bekomme ich den Landwein und das ist ja schließlich „naheliegend".

Schon vor dem Eingang gibt es den ersten Stau. Immer samstags, da gelten viele Sonderangebote, ist hier richtig was los.

Zuerst komme ich an der Präsentation von Obst und Gemüse vorbei. Da lasse ich mich aber nicht blenden, Wiebke sagt immer, das ist alles kein „Bio", auch wenn es auf der Verpackung steht. Wiebke muss es ja wissen, sie ist schließlich vom Fach. Jetzt kommt der Moment, wo ich mir immer einen kleinen Spaß erlaube. Ich stelle mich an der Fleischtheke an. Zwar kaufe ich niemals Fleisch, aber ich finde es toll, dass hier so viele Menschen in einer Schlange stehen.

Jetzt hat mich die erste Verkäuferin entdeckt und ruft schnell den anderen was zu. Als wäre ich der Teufel in Person, flüchten plötzlich alle, die nicht gerade einen anderen Kunden bedienen.

Da ich aber wie es sich gehört, eine Nummer gezogen habe, bleibt ihnen gleich wohl nicht erspart, mit mir in den Erfahrungsaustausch zu gehen. Überhaupt, dass man hier eine Nummer ziehen muss, finde ich schon diskriminierend. Da möchte ich gar nicht wissen, wie die mit den armen Tieren hier umgehen, deren Fleisch sie hier so präsentieren.

Endlich ist es soweit, eine ältere Verkäuferin, sogar eine „Fleischfachverkäuferin", hat es nicht mehr geschafft, mir zu entweichen. Ihr Blick wandert auf mich und mit Entsetzen stellt sie fest, dass sie die Warnung der Kollegin wohl nicht gehört hat. Mit verstellt freundlicher Stimme fragt sie mich: „Was darf es denn sein"? Ich frage erstmal, ob das alles hier von echten Tieren stammt und wie die denn so gelebt haben.

„Wurden die Schweine auch artgerecht gehalten und von einem Schweinehirten durch den Wald getrieben", frage ich sie. Ihre Antwort darauf beschränkt sich auf ein Kurzes, aber Prägnantes: „häh"? Sie scheint gar nicht zu verstehen was ich meine und keift ein bisschen, ich solle nun sagen was ich wollte, es gäbe noch mehr Leute, die heute einkaufen wollten. Wie ich so hinter mich schaue, entdecke ich auch schon eine ziemliche Schlange. Aber davon lasse ich mich nicht drängen, man muss schon wissen, was einem so dargeboten wird.

Auf einem netten Hinweisschild, mit einem lächelnden Schwein, dass sich offensichtlich auf die Begegnung mit seinem Mörder, dem Metzger freut, kann ich lesen, dass es extra einen Ordner gibt, in dem genau steht, wie die Tierhaltung, dass Futter und die Zusatzstoffe sind, die diesem Produkt zugefügt wurden. Na, das nenne ich doch mal eine gute Information. Ich bitte die nette Dame daher, mir doch diesen Ordner einmal auszuhändigen, damit ich mich genau informieren kann.

Sie weißt mich in einem ziemlich barschen Ton darauf hin, dass jetzt wohl nicht der richtige Zeitpunkt dafür wäre, da heute sehr viele Kunden auf Bedienung warten würden. Ich habe sofort erkannt, dass es sich offensichtlich um eine besondere Art von unerlaubtem Wettbewerb handelt und zu ihrem Entsetzen bestehe ich darauf, Einsicht in den Ordner zu nehmen. Mit großem Widerwillen geht sie nach hinten in die Schlachthölle um den Ordner zu holen, so dachte ich zumindest.

Statt dessen erscheint nach kurzer Zeit ein riesiger, grobschlächtiger Typ mit einer Metzgerschürze und einem Beil in der Hand. In einer Sprache, die ich nicht so ganz verstehe, raunzt er mich an. Ich kann nur seinem Gegrunze entnehmen, dass ich wohl ein Problem hätte. Da hat er sicher Recht, aber ich denke nicht, dass wir jetzt die Zeit haben, all meine Probleme hier zu diskutieren. Deshalb mache ich ihn darauf aufmerksam, dass es noch mehr Kunden gibt, die gern bedient werden möchten. Aus dem Hintergrund bekomme ich auch sofort Zustimmung.

Auch, so stelle ich klar, wäre er nicht so der empathische Typ, mit dem ich meine Probleme gern in Ruhe, vielleicht bei einem Mate Tee besprechen möchte. Also mache ich ihm klar, dass ich endlich den Ordner sehen möchte, damit es hier am Tresen weitergeht. Die Schlange hinter mir wird schon verdächtig lang und einige der Fleischfresser, wie könnte es auch anders sein, haben wohl offensichtlich ein gewisses Gewaltpotential.

Der Gorilla geht wieder nach hinten und kommt mit einem blutverschmierten Ordner zurück. Den schmeißt er mir nun gar nicht liebevoll auf den Tresen und sagt: „Hier, ließ, aber schnell". So schon gar nicht denke ich mir, ich lasse mich doch nicht von soviel Gewalt und Blut zur Eile treiben, auch nicht wenn die Ersten hinter mir jetzt etwas ungehalten werden. Erste Worte wie: „veganer Trottel, Ökofuzzi, Bioschlampe", bekomme ich zu hören. Der Gorilla klopft derweil mit seinen fleischigen Pranken auf den Tresen, was mich wohl noch mehr zur Eile drängen soll. Um ihn etwas auszubremsen, frage ich ihn: „Wird denn hier auch die DLG Schnittführung angewendet oder schlachten sie so, wie sie es für richtig halten?" Und überhaupt, wie sieht es mit dem CMA Prüfsiegel aus, ich würde ja nun gerne anhand der Maserung, dem Aussehen und dem Geruch der Ware etwas über deren

Herkunft, Haltung, Fütterung, Transport und Schlachtung erfahren.

Der Gorilla grunzt nur und redet irgendwas von Klugscheißer und Ökoterrorist. Jetzt wird es mir aber zu bunt und ich bestehe darauf, dass er den Marktleiter holt, damit wir diese Dinge hier mal in aller Ruhe und auch in der Öffentlichkeit zur Sprache bringen. Die Schlange hinter mir reicht inzwischen bis zum Eingang und irgendwie wollen einige der Kunden den Gorilla motivieren, mich zu schlachten. So langsam eskaliert die Situation. Durch die Lautsprecheranlage erklingt jetzt mehrfach der Ruf: „Die 1 bitte zum Fleischtresen".

Na endlich denke ich, jetzt wird jemand gerufen, der in der Schule der Beste war und mir meine Fragen mit Sachwissen beantworten kann. Bin schon gespannt, wer sich gleich bei mir meldet und wie das Gespräch so vonstatten geht. Ein Herr mit einer Krawatte und einem Jackett kommt angelaufen. So eilig wäre es ja nun auch wieder nicht gewesen. Er fragt mich sogleich nach meinem Wunsch. Aber bevor ich antworten kann, hat der Gorilla ihm schon etwas zugerufen und auch die Fleischerfachverkäuferin plärrt irgendwelche Dinge. Dennoch fragt mich der Herr immer noch recht freundlich, was ich denn kaufen möchte. Etwas verdutzt antworte ich ihm: „Den Landwein aus dem Angebot, den im Tetrapack". Jetzt scheint es ihm zu bunt zu werden, er packt mich am Arm und schleppt mich weg. Der Mob hinter mir tobt vor Freude, alles typische Fleischfresser eben, immer für Gewalt gut und absolut kein Mitgefühl.

Er begleitet mich nun zu einer Palette mit dem gewünschten Landwein, lädt mir sogar die von mir gewünschte Menge ein und bittet mich, doch nun zügig zur Kasse zu gehen, ich hätte den Betrieb nun doch schon genug aufgehalten. Da ich mehr auch nicht wollte, bin ich mal freundlich und begebe mich zur Kasse. Auch hier ist ein ziemlicher Andrang und ganz schnell sind auch schon wieder einige Kunden mit ihrem Einkaufswagen dicht hinter mir.

Endlich ist es soweit, ich stelle meinen Wein auf das Förderband und warte darauf, bis ich bezahlen darf. Die nette Kassiererin, vermutlich eine Dame aus Osteuropa, zumindest klingt ihre Stimme so und auch die blaugeschminkten Augen weisen darauf hin, stellt mir nun die alles entscheidende Frage: „Haben sie auch eine Deutschlandcard?" Diese Frage verwirrt mich nun etwas, was denkt sich die Schnecke eigentlich. Erstens heißt es Personalausweis und zweitens ist sie ja wohl kaum die Richtige, mich danach zu fragen. Aber ich möchte ja nicht fremdenfeindlich sein und zeige ihr also meinen Ausweis. Sie ist sichtlich verwirrt und sagt im gebrochenen Deutsch, sie würde eine Paybackkarte meinen, das wäre so eine Karte, mit der man Punkte sammeln kann. Jetzt weiß ich was sie meint, einen Führerschein, ein Bekannter von mir hat so einen und erzählte, er hätte darauf schon einige Punkte gesammelt.

Als ich ihr erkläre, ich hätte keinen Führerschein und sie solle sich doch mal gleich ein bisschen klarer ausdrücken, wird sie ziemlich griffig. Sie kramt in ihrer Tasche herum und holt eine Plastikkarte heraus. Das wäre eine „Deutschlandard", sagt sie und es gäbe einige Vorteile, wenn ich die denn hätte und damit einkaufen würde. Ich bekäme dann immer etwas Geld zurück.

Hinter mir ist schon wieder genau so ein Stau wie vorhin am Fleischtresen, aber ich bitte sie nun doch, mir alles mal genau zu erklären und mir die Vorteile aufzulisten. Vielleicht, gibt es ja auch einen Ordner oder eine Broschüre darüber. Die Durchsage, die 1 zur Kasse muss ich wohl überhört haben, plötzlich jedenfalls steht der Marktleiter wieder hinter mir, guckt erst mich, dann die Kassiererin an und sagt: „Der Wein geht heute aufs Haus, bitte gehen sie ganz schnell, sie brauchen nicht bezahlen, nur noch gehen.

Jetzt weiß ich erstmal, welchen Vorteil so eine „Deutschlandcard" hat und bedanke mich im Weggehen noch bei der netten Dame aus Osteuropa.

Ein Besuch im Zoo

Himmelfahrt, immer ein Termin, wo wir mit der ganzen Gruppe etwas unternehmen. Diesmal war Timea dran ein Ziel auszuwählen. Sie hatte uns alle angerufen und einen Besuch im Zoo bestimmt. Ich hatte etwas Bedenken, da ein Zoobesuch doch eher etwas für Kinder ist und nicht für Erwachsene. Timea aber meinte, ich wäre ja wohl das größte Kind von uns allen und somit sollte dies genau das Richtige für mich sein.

Allein um alle anderen mal wiederzusehen, willige ich ein und wie verabredet treffen wir uns vor dem Zoo. Alle sind gekommen, Timea, Merle, Ulfi, Malte inklusive seiner gespaltenen Persönlichkeit, Wiebke und natürlich auch ich. Das erste Problem, was sich auftat, war das Bezahlen an der Kasse. Malte bestand mal wieder darauf, 2 Eintrittskarten (für sich und seine gespaltene Persönlichkeit) zu kaufen. Der nette Herr im Kassenhäuschen zweifelte an der Richtigkeit dafür und meinte sogar, wenn Malte noch etwas Bekloppter wäre, könnte er ja gleich eine Gruppenkarte nehmen. Das fanden wir jetzt echt nicht fair und Timea war es dann auch, die den Herren belehrte und ihn darauf aufmerksam machte, dass hier niemand diskriminiert wird. Wenn er nicht gleich Maltes Wunsch nachkäme, würde sie den Gleichstellungsbeauftragten der Stadt anschreiben und über dieses unheimliche Benehmen informieren. Daraufhin sah der Kartenverkäufer es dann wohl ein und verkaufte Malte die gewünschten 2 Eintrittskarten.

Als erste Station kam dann ein kleines Streichelgehege, dort hoppelten Kaninchen herum und lauerten den Gästen auf, um sich ihre Streicheleinheiten abzuholen. „Das wäre doch etwas für dich Sören", meinte Merle, dann würdest du auch mal wieder gestreichelt und dein Gang ähnelt ohnehin diesen Langohren. Ich tat es mit einem Lächeln ab, heute wollte ich ja mal so gar nicht komisch auffallen.

Nachdem alle Langohren liebkost wurden, zogen wir weiter. Als Nächstes kam dann ein

Gehege mit Giraffen. Die sahen schon sehr imposant aus, fast majestätisch bewegten sie sich mit ihren langen Hälsen durch ihre kleine Prärie. Die anderen wollten schon achtlos weitergehen, da habe ich die Frage: „was machen die denn im Winter, das ist ja richtig gefährlich, wenn die Halsschmerzen bekommen. Ich finde, wir sollten uns unbedingt ein paar Mal im Jahr treffen und Schals für die stricken. Ich möchte nicht daran Schuld sein, wenn die armen Tiere sich erkälten". Das fanden jetzt alle ganz toll, soviel Tierliebe hatte mir wohl keiner zugetraut. Auf dem Weg zur nächsten Attraktion dachte ich schon darüber nach, wie lang so ein Giraffenhals wohl sei und wie viel Wolle man pro Schal benötigt. Außerdem wäre es gut, zu wissen, welche Farbkombinationen sie sich wünschen. Auf dem Rückweg werde ich dann mal einen der Tierpfleger fragen, die müssen es ja wissen. Jetzt sind wir bei den Elefanten angekommen. Da ich ja inzwischen ein Handy habe und Wiebke mir erklärt hat, wie ich Fotos damit machen kann, lege ich auch sofort los. Wiebke steht ganz dicht am Gehege, da dreht der Elefant sich plötzlich um und zeigt uns sein Hinterteil. Wie schlank dagegen Wiebke doch wirkt, das muss ich doch gleich mal fotografieren. Auf dem Bild sind wunderbar Wiebkes Po und der des Elefanten zu sehen. Sofort zeige ich es allen anderen und betone noch einmal, wie schlank doch Wiebke so von hinten wirkt. Die anderen lachen darüber und meinen bloß, ich sollte ihr das besser nicht zeigen. Das verstehe ich jetzt nicht, ich wollte ihr doch nur ein Kompliment machen.

Merle drängt nun darauf, zu den Affen zu gehen, besonders haben es ihr die Bonobos angetan sagt sie. Die hätten ein ganz besonderes Sexualverhalten, was auch ihr sehr entgegenkommen würde. Also auf zu den Bonobos.

Kaum am Käfig angekommen, wird Merle schon ganz unruhig. Ich habe das Gefühl, die paaren sich andauernd. Merle ist ganz verzückt und reibt sich schon mit ihrem Schoß am Gitter. Jetzt passiert etwas Ungewöhnliches, einer der Affen kommt direkt zu Merle hin und reicht ihr doch tatsächlich eine Banane durch den Zaun. Merle ist ganz perplex, sie nimmt das Geschenk entgegen und sofort schält sie die Banane und spielt mit ihrer Zunge an ihr herum.

Der Affe schaut ihr gefühlt gierig zu und bespringt dann sofort das nächste Weibchen. „Nimm mich", schreit Merle das arme Tier an. Der Affe hält inne und kommt erneut zum Gitter. Merle beginnt sogleich an ihrer Hose herumzufummeln. „Jetzt reicht es aber", ruft Ulfi und reißt sie vom Zaun weg. „Ich wollte mich doch nur Bedanken", empört sich Merle. Es wäre ja eine besondere Art der Zuneigung gewesen, fügt sie noch an. Der Affe guckt nun etwas belämmert, wahrscheinlich hatte er sich für sein Geschenk mehr erwartet.

„Wer hat eigentlich den Beutel mit dem Tierfutter", fragt nun Timea. Ulfi zeigt auf mich und ich weiß gar nicht, was er meint. Klar, wir hatten vorhin an einem Automaten ein Beutelchen mit Kernen und Körnern gezogen, doch ich dachte, das wäre die

Wegzehrung für mich. „Wenn ihr die leckeren Körner meint, die habe ich schon aufgegessen", sage ich kurzerhand. „Sören du Tierschänder", quakt jetzt Wiebke. „Glaubst du eigentlich alles wäre immer nur für dich"? Mit einem schlechten Gewissen entschuldige ich mich bei der Gruppe und verspreche, das nie wieder zu tun. Ulfi meint noch, ich würde mich jetzt wahrscheinlich auch in ein Tier verwandeln. Daraufhin schreit Merle, „oh ja, am besten in einen Bonobo und ich bin dann dein Weibchen". Das findet Wiebke jetzt irgendwie überhaupt nicht lustig und keift sofort Merle an. Die faselt daraufhin etwas von Sozialverhalten und Antiagressionspaarung.

Timea führt uns jetzt weiter zu den Eisbären. Die sehen gar nicht so schön weiß aus wie auf Bildern, die man immer sieht, sondern sind ehrlich gesagt etwas schmuddelig. „Der zottelige Bär da vorne sieht aus wie Sören in seiner Schafwollunterhose", juchzt Merle jetzt. „Woher weißt du denn wie Sörens Unterhose aussieht", faucht Wiebke sie daraufhin an. Merle wird etwas verlegen und brabbelt ein bisschen, was vom „Kerze ziehen" und dem persönlichen Besuch. Jetzt wird Wiebke aber richtig fuchtig. Sie geht auf Merle zu und knallt ihr eine. Bestimmt hat sie wieder Fleisch gegessen, denke ich so für mich, das macht sie immer so aggressiv. Nun ist aber leider die gute Stimmung dahin, aber das Beste daran ist, ich war ausnahmsweise mal nicht Schuld, sondern lediglich das Objekt der Begierde.

Alle wollen nun nur noch nach Hause, auf dem Rückweg frage ich noch schnell einen der Tierpfleger wie lang denn so ein Giraffenhals ist, ich müsste das ja wissen, wenn ich denen für den Winter einen Schal stricken möchte. Der scheint aber auch keinen guten Tag zu haben, sondern rennt sofort mit einem Besen hinter mir her und schreit dabei, „ob ich ihn verarschen wollte".

„Nein" antworte ich, „Ärsche hatten wir heute schon und ich kann dir ein Foto zeigen, auf dem man sieht wie schlank Wiebkes Arsch im Vergleich zu dem vom Elefanten ist".

„Jetzt reicht es aber Sören", plärrt daraufhin Wiebke nun wieder. Ich weiß nicht warum, aber irgendwie habe ich es nun doch noch geschafft, Wiebke etwas zu vergraulen.

Entspannungsteerapie

Neulich als ich bei Wiebke im Bioladen den grünen Handfeger und das Kehrblech gekauft habe, versprach sie mir, mich zu besuchen, wenn ich etwas saubergemacht habe. Den Tag der Arbeit habe ich dazu nicht verwendet, man soll ja nicht gleich übertreiben, aber ich plane es für die kommende Zeit. Überhaupt habe ich mich in den letzten Tagen mit dem schweren Thema Arbeit auseinandergesetzt.

Dazu habe ich mir extra die Werbezeitung aus dem Briefkasten geholt und die Stellenangebote gelesen. Arbeiten ist wirklich anstrengend. Ich bin erstaunt, womit manche Menschen ihr Geld verdienen. Aber eine Anzeige interessiert mich nun doch. Sie ist nett aufgemacht, aber hat leider einen Rechtschreibfehler. Da hätte Entspannungsteerapeut stehen müssen und nicht Entspannungstherapeut. Das weiß ich jetzt aber genau, da ich selbst Entspannungstee habe und mich mit

Entspannung in jeglicher Form gut auskenne.

Aber ich will da mal nicht kleinlich sein und vielleicht rufe ich da später mal an, denen kann ich bestimmt noch einiges beibringen. Jetzt werde ich mich erstmal bei einem Tütchen entspannen und mich dann dort melden.

Die Anzeige vor Augen, völlig entspannt rufe ich die angegebene Telefonnummer an. Nach dem dritten Klingeln wird abgenommen und fast hätte ich jetzt vor Schreck meinen Matetee verschüttet. Da meldet sich doch tatsächlich ein Kevin. Dann ist es ja kein Wunder, dass solche Rechtschreibfehler in der Anzeige waren. Bevor ich groß etwas sagen kann, legt Kevin schon los und erzählt mir was für einen tollen Laden (er nennt es immer Praxis) er hat und wie er die Leute so richtig entspannt. Wenn ich doch Lust hätte, sollte ich heute noch vorbeikommen und mich mal vorstellen, damit er sich ein Bild von mir machen kann. Vielleicht würden wir ja dann zueinanderfinden. Nur gut das ich so entspannt bin, sonst hätte ich diesem Kevin jetzt erstmal ein paar Takte erzählt von wegen zueinanderfinden, das gibt es für mich nur mit Wiebke.

Mag an meiner leicht verminderten Reaktionsfähigkeit liegen, aber schon hat Kevin mir einen Termin für 16 Uhr gegeben und noch gesagt, er freue sich auf mich. Ich brabbel nur noch ein ja und lege ebenfalls auf. Ich überlege mir ernsthaft, ob ich da hingehe, wenn der so komisch macht. Aber ich will ja einen guten Willen zeigen und vielleicht lacht am Ende gar ein toller Job mir zu.

Ich suche also meine entspanntesten Klamotten raus, rauche noch ein Tütchen, was dem Pullover auch so einen wunderschönen, entspannenden Duft verleiht, und dann mache ich mich auf den Weg. Gut ich bin knapp eine Stunde zu spät dran, aber ich hoffe mal, Kevin ist trotzdem noch ganz entspannt. Ich jedenfalls bin es.

Ich öffne die Tür von seiner „Praxis" und bin entsetzt. Alles völlig spießig hier und Kevin ist so ein gestriegelter Typ in knallenger Jeans und einem rosa Poloshirt. Er glotzt mich ebenfalls etwas komisch an und sagt dann: „Bist du etwa Sören"? Seine Stimme hat so einen leicht femininen Klang, dient bestimmt der Entspannung. Ich bejahe seine Frage und schaue mich weiterhin entsetzt um. Hier gibt es gar keinen Tee zu sehen, wie kommt er dann darauf, dass er ein Teerapeut ist? Für mich sieht er eher so aus wie ein junger, dynamischer Angestellter von der örtlichen Sparkasse. Gestriegelt und gebügelt und eben sehr feminin oder wie man heute sagt divers.

Bevor er jetzt weiterreden kann, erkläre ich ihm erstmal den Rechtschreibfehler in seiner Stellenanzeige und mache ihn auf die unpassende Art seiner Kleidung aufmerksam.

Kevin holt tief Luft und will gerade etwas sagen, da habe ich aber auch schon ein Tütchen aus der Tasche gezaubert und schlage ihm vor, dass wir uns gemeinsam entspannen. Davon will er nun gar nichts wissen, seine Stimmung scheint irgendwie umzuschlagen und er schreit Worte wie „verkommenes Subjekt, Kiffer... usw". Das muss ich mir aber von so einem schwuchteligen Legastheniker nicht sagen lassen und puste ihm erstmal eine gehörige Ladung Rauch ins Gesicht. Nun hüstelt er etwas und seine Augen verdrehen sich ein bisschen. Er wendet sich von mir ab und ruft „Viktor" aus dem Hintergrund. Allein schon wie er diesen Namen ausspricht, da wird mir ja ganz übel und schon ist es auch passiert. 2 Liter Matetee und ein „Guten Morgen Müsli" mit reichlich Kernen und Haferflocken ergießen sich aus meinem Mund auf den schicken Marmorfußboden. Es spritzt gewaltig auseinander und ergibt ganz ehrlich gesagt, eine ziemliche Sauerei.

Kevin sieht nun gar nicht mehr so entspannt aus und sein rosa Poloshirt hat einige braune Spritzer abbekommen. Ich finde, dies ist der richtige Zeitpunkt zu gehen und Kevin kann dann ganz entspannt mit Viktor den Auswurf meines Entsetzens entfernen.

Kaffeefahrt ins Märchenland

Vor kurzem erst habe ich mal wieder einen Volkshochschulkurs besucht. Thema war: Selbgefertigte Kupferringe. In mehreren Sitzungen habe ich dort gelernt, einen Kupferring zu hämmern und mit floralen Motiven (bei mir natürlich Hanfblätter) zu verzieren.

Das war richtig viel Arbeit, zumal ich gleich 2 Ringe gehämmert habe. Für Wiebke und für mich. Das sollten so eine Art Freundschaftsringe werden. 8 Abende und ein komplettes Wochenende habe ich dafür gebraucht. Aber zum Schluss sind sie mir ganz gut gelungen, so finde zumindest ich. Die Kursleiterin fand die Idee mit den Hanfblättern nicht so gut, das hätte so einen komischen Beigeschmack meinte sie. Da konnte ich die Dame aber beruhigen, wir hatten bisher noch nie etwas geraucht, was einen komischen Beigeschmack hatte.

Aber was solls auch, die Ringe müssen ja Wiebke und mir gefallen und der alten Ziege von Kursleiterin würde ich ohnehin niemals einen Freundschaftsring anbieten.

Nun muss ich nur noch auf eine passende Gelegenheit warten, damit ich Wiebke den Ring an ihren Finger stecken kann. Das soll ja dann auch etwas ganz Besonderes sein, so ein feierlicher Anlass, der darf nicht im Alltag untergehen.

Wie es der Zufall will, kam heute oder innerhalb der letzten Woche, so oft leere ich meinen Briefkasten ja nicht, eine Mitteilung des Glücks. Genauer gesagt, eine bunte Karte mit dem Aufdruck: „Kaffeefahrt ins Märchenland". Wow, was für eine geniale Idee. Auf der Karte steht dann, auch alles erklärt, es handelt sich um eine Busreise in das nordhessische Märchenland (benannt nach den Brüdern Grimm), dazu kommt ein kostenloses Kaffeetrinken mit einem Stück Kuchen nach Wahl und einer Informationsveranstaltung über Echthaardecken von Moreno Schafen. Aber das Allerbeste zum Schluss, jeder Teilnehmer bekommt ein Geschenk und nun haltet euch fest, eine handgearbeitete

Müslischale. Das alles zusammen für nur 8 Euro pro Person. Wenn das keine Reise für Wiebke und mich ist, was in aller Welt soll es dann sein. Das übertrifft alle meine Vorstellungen und Träume.

Ich habe dann sofort bei der aufgedruckten Telefonnummer angerufen und für 2 Personen gebucht. Treffpunkt ist nächsten Dienstag um 10.00 Uhr am Bahnhof. Danach bin ich sofort zu Wiebke gefahren und habe ihr erzählt, ich habe eine Traumreise für uns gebucht und es gäbe dafür auch einen ganz besonderen Anlass, den ich aber noch nicht verraten kann, da es sich ja um eine Überraschung handelt.

Wiebke war wie von den Socken und fragte sofort, wie viele Tage sie denn Urlaub nehmen müsste. Als ich ihr antwortete: „Einer genügt", schien sie fast ein bisschen enttäuscht. Liegt aber sicher daran, dass sie ja nicht wissen kann, um was für eine tolle Fahrt es sich handelt. Ich habe ihr dann noch mitgeteilt, dass sie bitte am Dienstag um kurz vor 10 Uhr am Bahnhof sein soll und dann würde das Ereignis beginnen.

Die ganzen Tage nun bin ich schon sehr nervös und es fällt mir verdammt schwer, meine große Überraschung für mich zu behalten.

Endlich ist Dienstag, ganz von alleine bin ich heute schon um 8 Uhr wach geworden, sonst ist es ja eher immer mittags. Aber bei so einem großen Vorhaben darf eben nichts schiefgehen. Zur Sicherheit und damit ich sie nicht vergesse, abe ich die Kupferringe mir zu meiner Geldbörse und dem Schlüssel gepackt. Nichts wird heute dem Zufall überlassen.

Schon um 09.30 Uhr bin ich am Bahnhof und halte Ausschau nach Wiebke. Da endlich kann ich sie erkennen. Sie hat sich richtig schick gemacht, ahnt sie etwa, was auf sie zukommt? Eine Leinenbluse, einen Rock bis zu den Knien, dazu echte Birkenstock, einfach nur toll. Jetzt aber sehe ich, ihr Rock ist kaputt, der hat doch an der Seite tatsächlich einen langen Schlitz, der fast bis zu ihrer Hüfte reicht. Das ist jetzt aber unangenehm, so schnell kann sie den ja nicht mehr wechseln, sonst ist der Bus weg.

Als ich sie dezent, wie ich bin, darauf hinweise, dass ihr Rock kaputt ist, sagt sie doch ganz keck: „Das ist Absicht Sören, das soll verführerisch wirken". Jetzt bin ich aber platt, wen will sie denn verführen?

Immer mehr Leute sammeln sich an der Bushaltestelle. Aber die sind alle viel älter als wir, da ist es nur gut, dass es sich um eine Tagesfahrt handelt, sonst kämen einige bestimmt nicht mehr nach Hause. Niemals hätte ich geglaubt, dass so viele alte Menschen sich noch für Moreno Schaf Decken und handgemachte Müslischalen interessieren. Da habe ich diese Generation doch völlig unterschätzt. Jetzt muss ich meine Klischees aber mal deutlich korrigieren.

Endlich kommt der Bus, ein richtiger Reisebus, nicht so ein olles Ding, mit dem man schwarz in die Stadt fährt. Er hält an und vorne steigt ein junger, förmlich gestriegelter, dynamisch wirkender junger Mann mit einem roten Jackett und hellblauer Krawatte aus. So tolle Typen sieht man sonst nur bei den Gebrauchtwarenhändlern oder

Versicherungen. Ich bin begeistert, dass sie extra jemanden wie diesen Herren als Reisebegleitung abgestellt haben.

Er fragt uns nach unseren Namen, dann dürfen wir einsteigen. Ganz Gentleman überlasse ich natürlich Wiebke den Fensterplatz. Sie hatte den jungen Mann, Mike nennt er sich, extra drum gebeten, weit vorne zu sitzen, da ihr hinten immer etwas übel wird. Bis alle im Bus sind, dauert schon eine ganze Weile, viele Rollatoren müssen verstaut werden, Mike muss einigen in den Bus helfen, was er mit einem sichtlich hilfsbereiten Gesicht macht.

Als dann alle Platz genommen haben, geht die Fahrt endlich los. Kaum unterwegs, steht Mike auf, schnappt sich ein Mikrofon und macht ein paar derbe Späße. Ich finde das leicht anzüglich und etwas diskriminierend, aber die alten Leute scheint es zu erfreuen. Er berichtet dann noch von der tollen Fahrt ins nordhessische Märchenland, dem urigen und einsamen Café, das uns erwartet, dem hausgemachten Kuchen und ganz nebenbei erwähnt er zum Schluss noch die

Informationsvorstellung. Mike ist gerade mit seiner Worttirade geendet, da frage ich ihn gleich erstmal nach dem Geschenk, der handgefertigten Müslischale. „Das sie dass am meisten interessiert, habe ich mir schon gedacht, als sie zugestiegen sind", lächelt Mike mir zu. Ich könnte da ganz gewiss sein, die Geschenke würden zum Ende der Info-Veranstaltung gereicht. Ich denke noch so bei mir: „Was für ein toller Typ, dass der gleich so meine Interessen erkennt."

Der Bus verlässt die Stadt und Wiebke kann auf ihrem Fensterplatz die Aussicht so richtig genießen. Immer wieder sagt sie: „Sören, guck mal da, wie wunderschön". Ich freue mich, dass die Reise ihr so gut gefällt. Zum Ausdruck ihrer Freude lehnt sie sich ganz dicht an mich. Die Berge um uns herum werden immer höher, die Straßen immer enger und schon schimpfen die Ersten, dass kaum noch Handyempfang ist. Solche Banausen, sollen doch die wunderschöne Natur genießen.

Jetzt geht es in Serpentinen in ein Tal hinunter und auch die letzten Passagiere haben keinen Empfang mehr mit ihren Handys. Als sie Mike darauf aufmerksam machen, antwortet der nur: „Das haben wir ganz bewusst so gewählt, wir wollen ja nicht, dass irgendwer während der Informationsveranstaltung abgelenkt ist". Der Kerl denkt wirklich an alles und ganz besonders an seine Gäste.

Aus einiger Entfernung schon können wir einen einsamen Gasthof erkennen. Wie idyllisch gelegen, da hat Mike ja die richtige Location ausgesucht.

„So meine Damen und Herren, alle aussteigen und einfach mir folgen", sagt Mike und willig wie eine Horde Schafe folgen ihm alle. Jeder versucht der Erste zu sein, ganz dicht hinter Mike liefern sich zwei grauhaarige ältere Damen ein Rennen um den besten Platz. Noch aus der Ferne kann ich Worte wie: „Schlampe mach Platz, jetzt komme ich", hören.

Irgendwann sind dann endlich alle in einem großen Festsaal, der zwar nicht geschmückt ist, aber man kann erahnen, dass hier schon manches Fest stattgefunden hat. Auf den

Tischen stehen Kaffeetassen und schon bald kommt eine junge Bedienung mit Kannen und später dann mit einer Auswahl an Kuchen in den Saal. Ich erinnere mich an den Satz: „Ein Stück Kuchen nach ihrer Wahl". Mike hat wirklich vortrefflich organisiert.

Was mich jetzt ein bisschen enttäuscht ist die Auswahl des Kuchens, irgendwie sah das nach mehr aus, aber nun erkenne ich, dass es sich lediglich um 2 verschiedene Sorten Trockenkuchen handelt. Aber besser als nichts und sogleich machen Wiebke und ich uns über das Dargebotene her.

In der Zwischenzeit baut Mike auf einem kleinen Podest verschiedene Dinge auf und hat sich ein Mikrofon geschnappt, das er nun mit den verschiedensten Zahlen testet. Zwischendurch immer ein Quitschgeräusch, was selbst die Hörgeräte der taubsten unter den Gästen, an seine Grenzen bringt und diese sich mit verzerrtem Gesicht an den Kopf fassen.

Dann aber hat er es perfekt eingestellt und fragt als Erstes, ob wir denn gestärkt wären für eine kleine Präsentation von Moreno Schaf Decken. Wie eingeübt jubeln ihm alle ein lautes Ja entgegen und Mike feuert die Alten so richtig an. Mit dieser angeheizten Stimmung geht es nun los. Mike erzählt etwas über kalte Winterabende, Rheuma, Rückenschmerzen und andere Wehwehchen. Verständnisvoll jubelt ihm die Gemeinde wieder zu, er ist fast wie ein Prediger, der sein Volk nur zu gut kennt.

Jetzt hebt er eine Decke hoch und präsentiert diese als die Lösung aller Probleme. „Eine Decke aus echter Moreno Schaf Wolle proklamiert er das Produkt. So warm, so flauschig, einfach gesund und macht Lahme wieder gehend. Der Jubel ist ihm weiterhin gewiss. Nun erzählt er noch, dass er dieses Mal ein besonderes Schnäppchen gemacht hat und uns allen so eine Decke in groß und klein zu einem Supersonderpreis verkaufen kann. Wir dürften aber niemanden davon erzählen, sonst würden alle anderen nur neidisch und er wäre sich sicher, so einen Preis würde er nie wieder bekommen.

Dann ruft er laut in die Menge, wer denn so eine wundervolle Decke zum absoluten Wahnsinnspreis, von nur 699 Euro haben möchte. Zuerst zucken ein paar Hände nach oben, dann aber als sie den Preis verstanden haben, fallen sie umso schneller wieder herunter.

Mike ist nun gar nicht erfreut, dass offensichtlich niemand seine tolle Ware begehrt, er hatte sicher gedacht, alle würden auf ihn stürzen und ihm die Decken aus den Händen reißen. Da wird er dann doch etwas eindringlicher und sagt den Leuten, dass ihnen ihre Gesundheit wohl nicht viel wert wäre. Das stimmt die Gemeinde nachdenklich und 3 melden sich dann doch. Etwas mehr Zuspruch hatte Mike sich wohl immer noch erhofft und dann greift er tief in die Trickkiste des Verkäufers.

Er bittet mich nach vorne, um einmal zu testen, wie wunderbar weich sie die Decke anfühlen würde. Mutig schreite ich nach vorn, sicher beobachtet mich Wiebke jetzt ganz genau. „Dieser junge Mann sieht aus, als ob er so etwas beurteilen könnte", haucht

Mike nun in sein Mikrofon. Alle starren gebannt auf mich. Ich streichel über die Decke und dann noch gleich ein zweites Mal. Etwas fragend sage ich leise zu ihm, ich glaube, das ist ein Kunstfell. Nur um sicherzugehen, fasse ich mir selbst in die Hose und streichel noch einmal über meine selbstrückfettende Schafwollunterhose, nur so zum Vergleich. Ja, das fühlt sich doch gleich ganz anders, so vertraut an.

„Das muss Kunstfell sein", sage ich nun ganz laut und wer das nicht glaubt, ich habe den ultimativen Test für euch alle. Ich ziehe vor dem ganzen Publikum meine Hose runter und stehe nun da in meiner wundervollen Schafwollunterhose. „Wer möchte, kann die mal streicheln, um zu vergleichen". Erst starren alle etwas entsetzt, dann aber machen sich gleich 3 grauhaarige Damen schnellstmöglich auf den Weg. Zuerst kommt die mit dem Gehstock, sie hat es auf wenigen Metern geschafft, die beiden anderen mit dem Rollator abzuhängen.

Mit vollem Elan, aber leicht zittriger Hand greift sie mir in den Schritt und juchzt: „Das

fühlt sich doch gleich schon ganz anders an".
Nun drängeln aber auch die beiden Rollator-Bikerinnen. Sie schieben mit ihren Gefährten einfach die Dame mit dem Stock beiseite und wie auf Kommando spüre ich beide Hände in meinen Lenden. Die eine schreit: „Da merkt man, dass es echt ist, da ist ja noch richtig Leben drin". Das ist mir nun etwas unangenehm, ganz besonders vor Wiebke, dass ich nun ausgerechnet jetzt eine Erektion bekomme.

Mike, der erst sehr perplex war, hat sich inzwischen gefangen und zu seiner Verstärkung rücken 2 Bodyguards an, die mich ohne langes Zögern einfach hochheben und aus dem Saal tragen. Ich brülle noch: „Betrüger, lasst euch nicht von dem über den Tisch ziehen, rettet die Alten". Wiebke sitzt etwas sprachlos da und schreit nur: „Sören". Zu mehr ist sie wohl im Moment nicht fähig und ich kann auch nichts mehr hören, denn ich bin schon mit der netten Begleitung im Flur angekommen.

Drinnen im Saal scheinen sich tumultartige Szenen abzuspielen. Immer lauter höre ich nun doch die Rufe: „Sören, Sören, wir wollen Sören, Sören, ich will ein Kind von dir". Die Alten kommen scheinbar so richtig in Fahrt und das laute Schreien von Mike geht völlig unter. Der kommt nun ebenfalls in den Flur und als die beiden Bodyguards fragen, ob sie mich rauswerfen sollen, antwortet Mike nur: „bringt den Kerl bloß rein, die nehmen uns sonst die Bude auseinander".

Wie ihnen gesagt, begleiten mich die beiden Herren nun wieder freundlich in den Saal und was soll ich sagen, der Mob tobt vor Freude. Mit riesiger Freude und großem Applaus werde ich von der wilden Horde empfangen. Sofort kommen wieder einige ältere Damen nach vorn gerannt und wollen eine Fühlprobe von meiner Schafwollunterhose machen. Ich weiß nicht wie mir geschieht, aber ich lasse es über mich ergehen. Dann kommen die ersten Fragen, wo man so etwas Schönes denn kaufen könnte? Da kommt Wiebke nach vorn, schnappt sich Mikes Mikrofon und macht sofort Werbung für ihren Bioladen und beginnt Bestellungen aufzunehmen.

Mike schüttelt nur noch mit dem Kopf, brabbelt irgendwas von unlauterem Wettbewerb und begibt sich offensichtlich an den Tresen der Gaststätte. Wiebke kommt kaum noch nach mit den Bestellungen. Sie notiert sich die Adressen und Telefonnummern der Besessenen. Einige ältere Herren fragen gezielt, ob denn damit auch bei ihnen wieder Leben in die Hose käme. Ich nicke nur und antworte mit einem kurzen Ja, man muss sie nur lange genug tragen. Dabei denke ich an die kleinen Tierchen, die sich im Laufe der Zeit in so einem Stück ansammeln.

Irgendwann ist dann der Run vorbei, Wiebke hat zig Bestellungen aufgenommen und nun wollen alle nur noch nach Hause. Ich übernehme jetzt das Kommando und führe alle zum Bus. Auf dem Weg dahin kommen wir noch am Tresen vorbei, wo Mike inzwischen völlig betrunken sitzt. Ich frage ihn nur noch nach den Geschenken und er lallt: „Nehmt einfach alles, aber lasst mich bloß in Ruhe, so etwas ist mir in meiner ganzen Karriere noch nicht passiert.

Wiebke und ich verteilen noch schnell die handgemachten Müslischalen (die müssen von Chinesen handgemacht sein; denn es steht Made in China darauf), dann bringen wir die wilde Horde zum Bus. Immer noch rufen sie Sören, Sören. Es will überhaupt nicht aufhören.

Der Busfahrer versucht noch Mike zu überreden doch noch einzusteigen, aber der will davon nichts wissen und sich nur noch betrinken. Im Bus dann später ist die Stimmung wundervoll und als wir den Sonnenuntergang sehen, sage ich zu Wiebke: „So, jetzt kommt die große Überraschung". Wiebke ist erst entsetzt und sagt: „Wie, noch größer"? Ich fasse in meine Hosentasche und hole die selbstgehämmerten Ringe heraus. Ohne langes Zaudern stecke ich ihr einen an ihren Ringfinger, dann nehme ich den zweiten und mache das Gleiche bei mir. Jetzt kommen Wiebke ein paar Tränen und dann nimmt sie mich ganz fest in den Arm und küsst mich. „Sind wir jetzt etwa verlobt", fragt sie zögerlich. Ich antworte nur noch mit einem lauten Ja und dann tobt der ganze Bus vor Freude. Jetzt bricht eine Riesenstimmung aus und der Busfahrer singt: „Er gehört zu mir" in sein Mikrofon. Wiebke ist völlig aus dem Häuschen, sagt, es wäre der wunderschönste Tag in ihrem Leben und das sie ja schon so lange darauf gewartet hat. So ein tolles Ereignis, so eine wunderschöne Fahrt, sie bekommt sich gar nicht mehr ein.

Damit endet diese Reise, nicht nur in Bezug auf die Kaffeefahrt, sondern auch auf Sören und Wiebkes Geschichten. Am Ende wird eben immer wieder alles gut.